KB028454

어른이 돼도
1일1치킨은 부담스러워

어른이 돼도
1일1치킨은 부담스러워

펴 낸 날 2020년 12월 23일 초판 1쇄

지 은 이   임서정, 김우리, 송하늬
펴 낸 이   박지민
책임편집   김정웅
책임미술   롬 디
일러스트   나 산
마 케 팅   박종천, 박지환

펴 낸 곳   모모북스
         서울특별시 동대문구 완산로81, 203-1호(두산베어스 타워)
         전화 010-5297-8303 팩스 02-6013-8303
         등록번호 2019년 03월 21일 제2019-000010호
         e-mail pj1419@naver.com

• 책값은 뒤표지에 있습니다.
• 잘못된 책은 구매하신 곳에서 교환해드립니다.
• 모모북스에서는 여러분의 소중한 원고를 기다립니다.
  투고처: momo14books@naver.com

여전히 버겁지만,
괜찮아지고 있습니다

어른이 돼도
1일1치킨은 부담스러워

임서정
김우리
송하늬
지 음

모모
북스

두려운 게 없었던 20대. 실패라는 단어에 익숙하지 않아 그저 꿈만 가지면 모두 이뤄낼 것이라고 믿었던 스물넷의 청춘 무렵인 2011년, 이 책의 공동 저자인 우리 셋은 승무원이 되고자 하는 마음으로 취업 스터디에서 처음 만났다.

서로를 다독이며 열심히 목표를 향해 달려갔지만 여러 번 탈락의 고배를 마셨고… 시간이 흘러 마주하게 된 나이 서른셋에 우리 셋은 모두 각자 다른 길에서 제각기 주어진 현실에 맞춰 살고 있다. 입지를 다지며 걸어가고는 있지만 미래를 모르기에 항상 마음 한편에 불안함을 갖고 있는 프리랜서 마케터, 숨 쉴 틈 없이 살벌한 약육강식의 세계인 직장에서 불합리한 일이 있더라도 말 한마디 하지 못한 채 그저 하루하루 힘겹게 외줄 타기를 하고 있는 7년 차 직장인, 그리고 전공인 무용을 포기하고 제2의 삶을 살기 위해 선택한 직업에서 끊임없이 다음 스텝에 대해 고민하고 있는 필라테스 강사로서 살고 있다.

20대에서 30대로 넘어오게 되며 우리가 느낀 공통점은 30대의 삶이 매우 어렵다는 것이다. 사실 한국 사회에서 30대는 여전히 미래도 알 수 없고, 그렇다고 돈이 많은 것도 아니고, 결혼을 할지 안 할지도 모른 채 다시 한 번 자신의 정체성을 찾아가는 나이이다. 가장 애매모호한 나이이며 어른도 아이도 아닌 나이.

거창하진 않지만 분명 우리는 열심히 살아왔고 지금도 열심히 살고 있다. 그런데 왜 우리가 생각했던 삶의 목표와는 멀어지고 삶은 점점 힘들어지는 걸까. 아무리 인생이 멀리서 보면 희극이고 가까이서 보면 비극이라고 하지만, 그렇다 한들 우리가 비극적인 인생을 아무런 생각 없이 수긍하고 견디며 사는 게 맞는 것일까. 우리가 함께 만나 인생 대화를 나누다 보면 늘 답은 찾지 못한 채 네가 겪었던 일이 내 일 같고, 내 일이 곧 네 일인 것 같은 애틋함만 느낀다.

우린 모두 원하는 인생이 아닌, 다들 그렇게 사니까 현실에 타협하며 영혼 없이 살고 있었다. 다들 취업을 하니까 했고 남들처럼 직장 생활을 하면서 무엇이든 잘 참고 감정 표현도 없어졌다. 이 책에는, 30대가 되면 무언가가 확 바뀌어 원하는 인생을 살게 될 줄 알았는데 생각대로 되지 않는다는 걸 깨달은 우리의 이야기가 담겨 있다. 그리고 그 이야기는 우리 셋의 공통된 이야기이며 동시에 각기 다른 삶을 살아가고 있는 모든 30대들이 겪는 이야기이기도 하다. 우리 셋 모두 프리랜서 마케터, 직장인, 필라테스 강사로 살아가고 있지만 생각보다 여유롭지는 않다. 30대에는 번듯하게 집 한 채 살 정도의 돈도 있을 줄 알았는데 그렇지도 않다.

세상은 갈수록 살기 어려워져 20~30대를 더욱 힘들게 보내야 하고 이젠 열심히 노력만 해서는 금수저 가까이 가기도 힘들게 됐다. 하고 싶은 건 다 해 볼 수 있는 게 '청춘'이라고 하지만, 지금의 우린 하고 싶은 게 있더라도 포기하고 현실을 받아들이는 게 일상이 됐다. 하고 싶은 것, 가지고 싶은 것, 먹고 싶은 게 여전히 많지만 어느샌가 1일1치킨조차 쉽게 하지 못하고 고정 지출 비용을 생각하며 '다음에 먹을까?'를 고민하는 게 우리의 현실이 되고 말았다.

30대엔 남들과 다르지 않게 안정된 삶을 살고 있을 줄 알았는데, 오늘도 '앞으로 어떻게 살아가지?'를 고민한다. 2019년 12월 각자 20대를 보내고, 서른이 되어 마주한 우리는 각자의 방식대로 열심히 살았음에도 스스로 만족하지 못했다. "괜찮아."라고 이야기하지만 사실은 괜찮지 않은 서로의 이야기에 공감했고 서로의 삶을 부러워하는 부분도 있었다. 그래서 우리는 이 책을 쓰기로 했다. 우리 셋만 하더라도 각자 다른 크기일 뿐 힘들고 우울한 부분을 모두 갖고 있으며 그럼에도 그런 부분까지도 받아들이며 살고 있기에 우리 각자의 경험들을 좀 더 자세히 꾸밈없이 털어놓으며 세상의 모든 30대와 나누고 싶었다.

　어쭙잖은 위로를 하고 싶지는 않다. 그저 이 책을 읽으면서 '나도 그랬었지.' 하면서 자신의 경험과 감정을 가감 없이 이야기하며 마음에 쌓아두었던 고단함과 아픔을 툭툭 털어버리기를 바란다. 부족해 보이는 내 삶도 누군가에겐 한없이 부러움의 대상이 되기도 하고, 지난 내 경험이 오늘의 날 좀 더 단단하게 만들고 있음을, 그리고 오늘도 열심히 잘 버텼음을 공감하는 순간이 되길 바란다.

목차

Part 1
20대 - 내 인생도 누군가에게 꿈이 되고 있었다

프리랜서 L
꿈이 없는 20대, 그게 현실이다

직장인 K
청년 실업 80만 명인 세상에 살다

필라테스 강사 S

과연, 결코, 단연. 나의 20대

Part 2
．．．．．．

서른 – 그럴싸한 내가 되어 있을 줄 알았다

프리랜서 L

그럴싸하지 않은 완벽한 미완성이 서른이다

직장인 K

서른앓이

필라테스 강사 S

I MY ME MINE

Part 3

30대 이젠 1일1치킨도 해 보려고요

프리랜서 L

한없이 평범해 보여도
누군가에겐 꿈이 되는 것, 그게 인생이다

직장인 K

치킨은 눈치 보지 말고 먹자

필라테스 강사 S

내 나름의 인생을 사는 법

Part 4

개 같은 세상에서 의연하게 대처하기

프리랜서 L

시끄러운 세상에서 휘둘리지 않는 법

직장인 K

어차피 그만둘 수 없다면

필라테스 강사 S

30대 언니이자 누나가 말해주는 '20+α'

20대

–

내 인생도 누군가에게
꿈이 되고 있었다

프리랜서 L

꿈이 없는 20대, 그게 현실이다

10대에는 마냥 어른이 되고 싶었고, 20대에는 그대로 멈추고 싶다가도 예측할 수 없는 인생의 그 순간을 빨리 벗어나고도 싶었다. 의사소통이 가능하고 자아가 생긴 순간부터 매년 듣는 단어가 있다. 바로 꿈이다. 꿈이 있는 사람에게 "꿈이 뭐예요?"라고 묻는다면 어려움 없이 대답하겠지만, 진짜 자신의 꿈에 대해 쉽게 말할 수 있는 사람은 없다. 어렸을 땐 하루에도 여러 번 바뀌는 게 꿈이라지만 20대 우리에게 꿈은 보이지 않는 미래 같은 느낌이었다.

주인공은 난데 넌 누구세요?

　　　　　　　스무 살부터 순탄하지 않은 시작을 했던 난, 뭔가 남들보다 뒤처지는 것 같았다. 20대의 시작과 어쩌면 20대 인생 절반쯤에 영향을 주는 열아홉 나이에 경험한 수술과 항암주사는 나를 멈추게 했다. 10대 때 난 최소한 스무 살이 되면 모든 꿈을 펼칠 수 있을 줄 알았다. 인생에 중요한 시기가 많음에도 10대의 난 스무 살만 바라봤던 것 같다. "스무 살이 되면…"이라는 말을 입에 달고 살았다. 스무 살이 모든 인생을 좌우할 수 없음을 알고 있음에도 큰 기대와 꿈을 갖고 있었다. 하지만 인생이 어떻게 될지 모른다고 말하듯이 나의 20대는 예측 불가능의 시기였다.

"20대라서 행복하겠다. 부럽다.", "20대의 걱정과 고민은 아무것도 아니지." 사람들은 인생을 돌아보면 20대가 가장 행복한 시기라고 말하는데 나에게 20대는 행복한 기억보다는 잊고 싶은 기억이 더 많은 시기였다. 원하는 대학이 아닌 어쩔 수 없이 선택한 대학 생활은 20대 전체를 흔들기 시작했다. 내 인생인데 내가 주인공이 아닌 카메오로 살고 있는 느낌에 점점 위축되었다. 엄청나고 행복한 꿈을 펼칠 수 있는 시기라고 생각했던 20대의 시작, 스무 살을 기대 없이 시작했고 그럼에도 불구하고 꽤나 잘 살고 있는 듯 보이고 싶었다.

20대에는 다 행복할 줄 알았고, 내가 꿈꾸던 삶을 살 줄 알았다. 그런데 살아 보니 아니었다. 생각보다 더 많이 고민했고, 타인의 시선에 신경 쓰느라 정작 나를 볼 시간은 없이 그렇게 무의미하게 바빴었다. 분명 바쁜데 진짜 나를 위한 바쁨은 아니었다. 작은 선택을 할 때도 타인의 시선을 신경 쓰고, 선택하고 나서는 '결국 무엇을 위해?'라는 생각을 많이 했다.

그래서 우리의 20대는 타인의 시선에 의해 꿈을 포기했는지도 모른다. 물론 이 선택 또한 우리 스스로가 하는 것이기에 그 누구의 탓도 할 수 없다. 그 누구도 선택을 강요하지는 않지만, 타인의 시선을 많이 신경 쓴 탓에 남들과 다른 선택을 하면 안 될 것 같았다. 사실 우리의 인생은 그 누구와도 같지 않기에, 타인에 의해 내 삶을 선택한 것이 잘한 것인지를 고민하게 된다.

이게 바로 20대다. 누군가의 시선에도 주저하지 않고, 내가 원하는 대로 선택하고 도전해야 하지만 그러지 못한 게 우리의 20대다. 꿈 많고 행복해야 하는 나이지만, 스무 살부터 꿈을 포기했다는 말이 나오는 우리의 20대는 어딘가 문제가 있는 게 아닐까? 꿈이 없어서 꿈을 찾지 못해 방황하고 결국 나를 위한 선택을 주저했던 나의 20대.

타인의 시선을 신경 쓰지 않고 인생의 모든 선택을 할 수 있기를… 그게 20대를 보내온 내가 지금의 20대를 사는 누군가에게 해주고 싶은 말이다. 누구에게든 20대는 처음이고, 오늘도 처음이기에 낯설고 서툴 수밖에 없다.

그렇더라도 나 자신이 중심인 삶을 살았더라면, 그랬더라면 나다운 삶을 더 빨리 찾을 수 있지 않았을까?

20대가 지나고 가장 후회하는 것 중 한 가지는 남을 신경 쓰며 살았다는 점이다. 내 인생이 없이 내가 누구인지 뭘 할 수 있는지조차 모른 채 남의 눈치를 보며 선택하고 살았었다. 20대는 서툴러도, 늦어도 괜찮다. 지금의 순간을 온전히 자기 자신으로 즐길 수 있는 내가 되길 바란다.

가면을 쓴 자기소개서

증명사진, 스펙, 자기소개서까지 취업을 위해 20대의 난 가면을 쓴 채 살았다. 진짜 내가 원해서가 아니라 20대 내 또래 대부분이 그렇게 살아가니까 나 또한 그 길을 선택했었다. 나를 위해서가 아니라 내 딸만큼은 좋은 회사에 취업해서 멋들어지게 잘 살 거라는 기대를 한껏 하고 있던 부모님을 위한 선택이었다. 20대의 내 생활이, 내 삶이 잘못되었다고 여겨지는 건 싫었다. 대학교 4학년 졸업을 앞둔 시점에서 중요한 건 취업의 성공과 실패 그리고 취업을 한다면 어느 회사인지였다.

취업을 하더라도 그럴싸한 대기업에 취업을 했는지, 아니면 중소, 중견 기업에 취업을 했는지에 따라 모습이 달라졌다. 대기업에 취업하면 세상 모든 걸 얻은 것처럼 자신감 넘치는 모습이었다. 취준생인 나는 성공한 사람처럼 보이는 그들의 모습을 마냥 부러워했다. 그들이 말해주는 합격 팁을 들으며 합격한 사람이 많이 나온 스튜디오에 가서 증명사진을 찍었다. 그러면서 '나는 언제쯤…'이라는 불안감이 물밀듯이 밀려오고 한편으로는 '이번엔 합격하겠지.' 하는 희망도 함께했다. 좀 더 잘 보이기 위해 비싼 돈을 들여가며 증명사진을 찍고, 하나라도 더 있어 보이기 위해 스펙을 쌓았다. 스펙을 하나씩 쌓을 때마다 이게 과연 취업 후에도 내 업무에 도움이 될까 싶은 것들도 많았다. 다들 하니까 나도 하지 않으면 뒤처지는 것 같아 쌓은 스펙은 날 불편하게 만들었다.

지금 생각해보면 다시 살 수 없는 시간인데 왜 그렇게 아등바등 발버둥 치며 하루하루 취업을 위해서만 살았을까 싶다. 취업은 중요하지만 진짜 내가 원해서 하는 것과 달리 뚜렷한 방향 없이 떠밀려서 하는 취준생 생활은 위태롭기 짝이 없다. 진짜 내가 원하고 필요해서 쌓았던 스펙이 아닌 그럴싸한 사람이 되고 싶어서 쌓았던 스펙이었다. 많은 회사에 지원하기 위해 자기소개서를 작성하면서도 매번 '이 회사에 합격하면 행복할까?'를 생각했고, 그렇게 작성한 자기소개서에도 진짜 나는 없었다. 가면을 쓴 내가 있을 뿐이었다. 내가 쓴 자기소개서를 다시 보면 왜 이렇게 썼을까 싶은 생각이 든다. 사실 자기소개서를 쓰다 보면 이게 누굴 위한 자기소개서인가 싶을 때가 꽤나 많았다.

이력서에 첨부하는 사진에도 가면을 쓴 내가 있어 어색했다. 이미 이 회사에 합격한 듯이 행복하고 밝은 기운을 내뿜으며 마냥 미소를 짓고 촬영한 증명사진을 보고 있자면 나 스스로 거부감이 들었다. 진짜 나는 취준생일 뿐이고, 매일 자기소개서를 작성하고 1차, 2차, 최종 면접 등을 보며 언제 합격할지 모르는 불안감에 시달릴 뿐인데 말이다. 사진과 함께 작성하는 내 기본 정보와 가족 관계, 신입임에도 적어 넣은 경력 사항 등 20대의 나를 짓누르는 듯한 지원서를 작성하다 보면 늘 삶이 부족해 보였다.

스스로에게 만족하며 자신감 넘쳐야 할 20대에 그 부족함을 메우기 위해 늘 시간에 쫓겼다. 학생임에도 학교생활보단 대외활동을 더 많이 하고, 한국인임에도 해외 경험을 더 중시했다. 20대의 하루는 24시간이 아닌 48시간을 요구하는 것 같았다. 같은 시간을 사는 20대 신입에게 뭘 그렇게 다들 요구하는지 묻고 싶었다. 당신들은 20대에 그렇게 많은 걸 할 수 있었는지….

나는 회사 직무와 관련된 대외활동보단 하고 싶은 대외활동을 많이 했었기에 직무와 관련된 활동을 쓸 수 없을 때가 꽤나 많았다. 그럼에도 "서류 전형에 합격하였습니다."라는 문자를 받을 때면 좋다가도 불안한 기분이 들었다. 최종 합격이 된 것도 아니고 고작 서류 합격임에도 불구하고 '진짜 내가 원했던 곳은 아닌데… 날 왜?', '합격하면 어떻게 하지?' 이런 생각들을 했다. 참, 누가 날 최종 합격시켜 준 것도 아닌데 김칫국부터 마시며 고작 서류 전형 합격임에도 불안해했다.

합격을 해도, 불합격해도 20대 취준생이었던 난 불편하고 불안한 채 그렇게 생활을 이어갔다. 20대에 취업을 하지 않으면 인정받지 못할 것 같아 선택했지만, 취업이 오히려 날 불편하고 불안하게 만들고 있었다. 다양한 경험을 하고 싶어서 학교생활보다 대외활동을 더 즐겼음에도 이 경험을 자기소개서에 잘 녹여 쓰질 못했다. 진짜 가고 싶어서가 아니라 또래 친구들이 다 그렇게 하니까 그래야 할 것 같았다.

사리가 되다 못해 우동 사리가 되겠어

돌고 돌아 일반 회사원으로 취업을 했지만 그 또한 물음표였다. 20대의 실수 중 하나는 회사에 대해 큰 로망을 갖는다는 거다. 나도 그랬다. 원하는 회사 생활은 아니었지만, 어느 정도 회사 생활의 꿈이 있었다. 하지만 회사 생활에 대한 희망은 헛된 것이었고, 의미 없이 그렇게 생활을 이어갔다.

출근길 지하철 또는 버스에서 내 나이 또래의 얼굴을 보면, 아니 대부분의 승객 얼굴에선 행복함을 찾기가 쉽지 않았다. 회사 생활을 위해 탑승했던 지하철은 피곤과 스트레스의 집합소가 된 것 같았다. 사방으로 많은 사람들에 끼여 출근하면서 하루에도 수십 번 퇴사를 마음에 품었다. 회사 생활을 하면서 1, 3, 5, 7년의 주기로 퇴사를 고민한다는데 사실이런 주기가 아니어도 나는 회사에 입사하고 얼마 지나지 않아서부터 퇴사를 수없이 고민했다.

나를 모른 채 대부분의 20대와 마찬가지로 나 또한 회사 생활을 했다. 주 5일 내 의견은 거의 반영되지 않은 채 시작된 회사 생활은 '왜'를 달고 살게 했다. 상하 관계가 분명한 한국의 회사 생활에서 신입 직원의 의견은 거의 반영되지 않았고, 하라는 대로 하며 그렇게 생활해야 했다.

"커피 좀 타서 갖다 주고, 신문 스크랩해서 줘요."
"네? 저 비서 아닌데요."
"사원이죠?! 원래 사원이 하는 거야."
"원래요?"
"당연히 사원이 하는 거야. 우리 땐 더 심했어."

이런 일이 왜 당연할까? 그리고 시간이 얼마나 흘렀는데 '우리 땐'이라는 말이 나올까? 시대가 바뀌면 사고방식도 바

뛰어야 하는 거 아닌가?

　대부분의 20대 내 또래 누구든 사회 초년생일 때 이해 불가일 때가 많음에도 버텨야 당연하다는 말만 들었다. "괜찮아?"보다 "그럼에도 버텨"라는 말을 더 많이 들었다. 그럼에도 버티면 뭐 얼마나 달라질까? 버틴다고 해서 행복할까? 정답은 나와 있음에도 더럽고 치사해도 회사를 그만두지 못하는 건 어쩌면 진짜 나를 모르기 때문이며 돈 때문이 아닐까 싶다. 매달 정해진 금액이 내 통장에 입금되어도 언제 입금되었냐는 듯이 스쳐 지나가고, 한 달 동안 스트레스를 받고 그만둬야지 했다가도, 통장에 입금된 월급을 보고 다시 한 달이 연장되는 시한부 인생처럼 그렇게 회사 생활을 했다.

　나 또한 그랬다. 직장인으로 회사 생활을 하면서 퇴사를 마음에 품고 있지만 쉽지 않았다. 분명 내가 없는 내 삶을 살고 있었지만 진짜 나를 몰랐으며, 매달 입금되는 월급 때문에 퇴사가 쉽지 않았다. 사람 바꿔 쓰는 거 아니라고 하는데 나 스스로는 바꾸고 싶었다. 한 번뿐인 20대 인생의 대부분을 내가 아닌 남을 따라 살았기에, 나 스스로 가장 좋을 때를

놓친 것 같아 미안했다. 그래서 오로지 나로서 살고 싶었다.

사회생활을 하다 보니 이중인격이 되어 가고, 뭐든 다 잘하는 사람이 좋은 게 아닌 걸 알겠더라고요. 회사 생활에 로망을 갖고, 직급이 올라가면 괜찮겠지 하고 기대하지 마세요. 로망으로 시작하는 회사는 퇴사의 길로 안내하고 있고, 그렇게 버티다 사리가 생기다 못해 우동사리가 될 수 있으니까요.

월급보다 비싼 사치

　　　　　꿈을 가질 상황이 안 되는데, 꿈을 가지라고 말한다. 나도 꿈 갖고 싶다. 그렇지만 내 꿈이 뭔지 나를 볼 시간을 줘야 꿈을 갖지…. "회사에서 꿈은 사치다.", "한가해야 꿈도 꾸는 거야.", "꿈대로 사는 몽상가는 쓸데없는 거야." 등등 꿈이 있어야 한다고 말하는 사람을 찾아보긴 쉽지 않다. 꿈은 진짜 사치이고, 내가 하고 싶은 걸 찾는 게 배부른 소리인 걸까?

　10대까지 우린 크게 다르지 않은 생활을 하고 20대가 되기 전인 열아홉에 10대의 인생을 평가받는다. 시험이 중요하고 남들에게 보이는 게 중요한 우리나라에서 스스로를 돌보는 시간은 사치로 치부된다. 내 인생인데 내가 가장 중요한 게 아니라 남의 시선을 가장 중요하게 여긴다. 남들과 다르게 살면 안 되는 줄 알았다. 그래서 우린 10대 때 꿈, 장래희망을 물어보면 남들이 많이 작성하는 소위 말하는 '사' 자가 들어가는 검사, 판사, 의사, 교사 등을 장래희망으로 작성한다.

꿈을 크게 가지라고 한다. 남을 따라서가 아니라 진짜 내 꿈을 크게. 하지만 우린 남들이 보기에 있어 보이는 장래희망을 진짜 내 꿈인 것처럼 이야기하고 스스로도 혼란스러워한다. 나도 그랬다. 그래서 진짜 나를 찾기 전까지 나 스스로 많이 혼란스러운 생활을 했다. 대학 생활도 마냥 좋지만은 않았다.

대학교를 졸업하고 다니게 된 직장에서는 '나 뭐 하는 거지?'라는 생각을 정말 많이 했었다. 원하던 대학 생활을 하지 못했기에 스무 살, 20대 시작부터 내 인생이 꼬인 게 아닐까 하는 생각도 했다. 회사 생활을 하면서 가장 많이 들었던 말 중 하나가 "원래 그래요."였다. 세상에 원래 그런 건 없다. 사람이 편하고자 만든 말이 '원래 그래'가 아닐까. 정말 원래 그럴까? 내가 사원일 땐 더했어, 사원은 원래 그런 거야 등등 원래 그렇다는 말로 우린 쉽게 합리화하려 한다. 특히 "하고 싶은 게 뭔지 모르겠어요."라는 물음에 "원래 다 그런 거야."라고 하는 직장 상사, 동료의 이야기를 듣는 순간 '진짜 내가 원하는 게 뭔지 찾고 싶은 내가 이상한 걸까?' 하는 생각마저 들게 했다.

원래 그런 거 말고, 지금 이 시간을 또 살 수 있는 게 아닌데, 한 번쯤은 내 인생에 내가 중심이 되면 안 되는 걸까? 이번만큼은 나를 위해… 한 번 뿐인 내 인생에 내가 없는 삶이 아닌 나를 위한 삶을 살고자 했다. 안정적이고 규칙적인 생활, 또래와 다르지 않은 삶인 회사 생활을 정리하고 진짜 나를 위해 살기로 했다. 오로지 나로 살기 위해 내 꿈이 뭔지 알고 싶었다. 하지만 진짜 나를 돌아볼 시간이 없었기에 꿈을 찾기 위해 무엇을 해야 할지도 몰랐다.

꿈을 위해 살기로 다짐했지만 습관이란 참 무섭다. 남의 시선을 신경 쓰며 살던 시간에서 벗어나 진짜 나로 살겠다고 마음먹었는데 여전히 남의 시선을 신경 썼다. 부모님의 시선, 친구들의 시선 등 남의 시선을 신경 쓰다 보니 점점 예민해져 갔다.

"그래서 뭐 하고 싶은데?" 나도 내가 뭘 하고 싶은지 모르니까 궁금해서 묻는 질문에조차 예민해졌고 어느 순간 부모님의 조언도 나를 위한 조언이 아니라는 생각이 들었다. 사실 겁이 났다. 하고 싶은 게 뭔지 모르는 내 모습이 들통날까 봐. 당신 딸이 최고라고 생각했던 부모님 또한 인생의 갈피를 못 잡는 날 보며 많이 불안해하셨다. 그러다 지치셨는지 어느 순간 "하고 싶은 대로 하는 사람은 없어, 그냥 회사 다니다가 시집이나 가."라고 말씀하셨다.

또래와는 다른 삶을 살려고 하는 딸이 불안했던 엄마는 나만큼이나 예민해졌다. "네가 하고 싶은 거 다 하고 결혼해도 돼.", "내 딸이 꿈 있는 사람이었으면 좋겠어."라고 말해주던 엄마는 어느 순간 없었다. 자랑스러운 딸이 아닌 짐스러운 딸이 되어 가고 있음을 나도 느끼게 되었다. 한껏 기대하고 칭찬하며 지원해주셨던 부모님에게 짐이 되어 가고 있었기에 나는 서서히 스스로 판단하고 꿈을 위해 홀로 서는 법을 터득해 갔다.

"뭐 하고 싶어?"라는 질문에 "음… 그냥 뭐…"라며 얼버무린 적이 많다. 왜 사람이 살다 보면 그런 적 있잖아요. 남들과 다르지 않게 하루하루 열심히 살긴 하는데 진짜 나는 없고, 누군가 해야 할 일을 내가 대신 해 주는 것 같은 느낌 말이에요. 꿈은 사치고, 나로 사는 것 또한 배부른 소리가 아니에요. "뭐 하고 싶어?"라고 묻는 질문에 오롯이 자신이 하고 싶은 걸 말하는 사람이 되세요. 지금도 우린 남을 신경 쓰며 살지만, 한 번은 나로 살아도 충분한 시간이 있으니까요.

달콤할 것 같지만 쓰다 못해 뱉고 싶은 게 연애

20대에는 어른의 연애를 할 줄 알았는데….
그럴듯해 보이던 연애도 어느 순간 현타가 온다. 하지만 나
다운 연애는 끝이 오더라도 덜 씁쓸하다.

스무 살이 되면 연애도 상상하던 것처럼 많이 달콤하고
행복하기만 할 줄 알았다. 10대엔 스무 살만 되면 연애를 마
음껏 할 수 있으며, 모든 연애가 쉽고 평탄하며 달콤할 것이
라고만 생각했다. 하지만 연애는 나와 다른 삶을 산 사람과
의 만남이다. 그러다 보니 서툴기만 했던 20대엔 감정에 따
라 행동하기 바빴다. 한없이 좋다가도 서로 배려하지 못하고
한쪽의 의견이 80% 반영된 상태로 연애를 하다가 많이 싸우

기도 했다. 결국 오래가지 않는 그런 연애를 했었다.

연애가 쉽고 행복할 거라는 상상만 했던 건 아니었다. 20대
가 되면서 어느 정도 현실을 바라볼 수 있게 됐고 어떤 사람을
만나야 내가 행복할 수 있는지에 대한 기준 같은 것도 생겼
다. 하지만 마음먹은 대로 원하는 사람을 쉽게 만날 수 있는
것은 아니었다. 소개팅도 많이 했고 우연한 만남으로 연애를
시작해보기도 했지만 항상 연애의 끝은 씁쓸하기만 했다.

싸우기 싫어서 맞춰 주기만 했던 사람에겐, "왜 너는 다 좋
다고만 해?", "네 의견을 말해 봐!"라는 말을 듣기도 했다. 그
런데 나와는 달리 본인의 의견을 내세우고 그대로 해야 하는
사람을 만나 보니 맞춰 주는 게 그나마 내가 스트레스를 덜
받는 방법 중 하나였다. 서로 배려해서 하는 연애가 아닌 한
쪽이 중심이 되는 연애를 하다 보면 어느 순간 상대는 다른
사람에게 눈길을 주기도 했다. 잡은 물고기에는 밥을 안 준
다는 이야기처럼 말이다. 밀당을 해야 하는 순간에도 나는
상대에게 맞춰 주는 아이였다. 그렇게 맞춰 주다가 헤어지
고 나면 상대와 함께한 시간이 꽤나 아깝게 느껴졌다. 진짜

내가 없는 연애의 문제는 시간만은 아니다. 진짜 좋아서 행동하는 게 아니기에 연애를 하는 도중에도 나 스스로 중심이 없어 헤매게 된다.

많은 이들이 어떤 사람이 이상형인지 물어보는데 20대에는 꽤나 상세하게 말했지만, 점점 시간이 지나고 연애 경험도 쌓이면서 정확한 답을 하기 어려워졌다. 100% 이상형에 딱 맞는 사람을 만나는 게 쉽지 않음을 알게 됐고 나 또한 완벽한 사람이 아니니까. 점점 많은 기준에서 절대 포기할 수 없는 것들이 생겨났고, 연애의 주기 또한 짧아졌다. 10대든 20대든 나이를 먹으면 먹을수록 점점 더 어려워지는 것 중 하나가 바로 연애가 아닐까 싶다. 마음대로 될 줄 알았던 게 연애와 결혼이었는데… 사람과의 만남이 가장 어렵다는 말이 왜 있는지 20대가 끝나갈 무렵이 되어서야 조금씩 알게 되는 것 같았다.

20대에 연애도 꽤나 성공적으로 하고 30대가 되기 전에 보란 듯이 결혼도 할 줄 알았는데… 나의 연애는 아직까지도 끝이 나지 않고 현재진행형이다. 하나 명확해진 건, 상대에게 모든 것을 맞추는 게 아니라 나답게 연애할 수 있도록 만들어주는 상대를 만나야 내가 행복해진다는 사실이다. 인생도 연애도 결국 모든 게 가장 나다울 때 행복해진다.

20대의 연애가 쉽지 않은 건, "대학 가면 연애해.", "대학 가면 지겹게 할 수 있어." 등 연애의 로망을 한가득 심은 채 스무 살을 시작하기 때문이다. 행복한 연애를 하려고 애쓰지 말자. 행복해야 하는 건 맞지만, 애쓰며 내가 없이 상대에게 맞춰 주기만 하는 연애는 결국 진짜 연애가 아닌 보여 주기식 연애가 되고 나만 힘든 연애가 되니까… 20대 가장 예쁠 나이에 누군가를 위한다는 이유로 행복한 내 모습을 잃지 말자. 오늘도 내일도.

직장인 K

청년 실업 80만 명인 세상에 살다

졸업만 하면 다 내 세상일 줄 알았지

학교를 다닐 때는 이상하게 학점에 집착하게 된다. 내가 학창시절 했던 실수 중 가장 큰 것을 꼽으라면 그저 학점에만 목을 맸다는 사실이다. 그깟 A+ 하나 더 받는 게 무슨 대수라고, 졸업하고 나면 별거 아닌데 오로지 4.5점 만점을 받기 위해, 나는 1교시부터 8교시까지 김밥 한 줄을 들고 다니며 수업을 열심히 듣는 학생으로 교내에서도 유명했다. 영어로 수업하시는 교수님이 있다면 수업 시간에 녹취를 하여 집에 와서 복습했고, 오로지 수석 졸업을 목표로 독하게 대학 생활을 했다. 이런 노력 덕분에 학점 4.14점, 수석으로 조기 졸업을 할 수 있었다.

갓 졸업을 한 20대 중반의 나는 대기업 또는 공기업에 무리 없이 들어갈 것이라는 자신감에 가득 차 있었다. 그때는 졸업 후 당연히 내 세상일줄 알았다. 그러나 졸업 후 얼마 지나지 않아 당당하던 내 콧대는 크게 한풀 꺾였다. 세상은 그렇게 호락호락하지 않았다. 재학 당시 관세사 공부를 하느라 몇 년 쉬었던 공백기를 메꾸기 위해 아무런 경험도 쌓지 못한 채 칼졸업을 했던 터라 어학연수, 인턴, 공모전, 해외여행, 아르바이트, 심지어는 연애 경험까지 나는 다른 친구들에 비해 많이 부족했고 이것을 자기소개서나 면접에서 녹여 내는 것이 참 어려웠다.

자기소개서를 써 본 청년이라면 다 알 것이다. 자소서를 창작하는 능력이 매우 출중한 대단한 사기꾼이 아니라면, 절대 본인 경험 없는 스토리를 지어서 쓸 수 없다는 것을. 설령 짜깁기하여 거짓으로 쓴다고 하더라도 면접에 가서 단 몇 마디면 들통이 난다.

뭐 어학연수나 공모전에 참여했던 경험이 없다고 치자. 인턴 경험도 없었던 나는 은행 서포터즈 경험이 있던 지원자에게 한발 밀렸기 때문에 면접에서 미끄러지는 일이 다반사였다. 지금 돌이켜 보면, 누구나 가지고 있는 토익, OPIC, 학점, 자격증 이런 거에나 매달렸으니 그 넓은 구인구직 시장에서 나는 한낱 단조로운 지원자일 뿐이었을 것 같다.

학창 시절을 열심히 산다고 해서 취업 후 크게 달라는 것은 없다. 날 때부터 엄청 머리 좋은 아이로 태어나 공부로 승부를 볼 인생이 아니라면 취업 후 사람 사는 것은 크게 다르지 않다. 매일 아침 커피로 수혈을 하지 않으면 하루를 버텨낼 수 없고, 매일매일 이 사람 저 사람에게 치이며 "내가 이런 허접한 일을 하려고 학창 시절 공부를 했는가?"라는 질문을 스스로에게 던지며 "아, 이럴 줄 알았으면 대학생 때 더 놀걸 그랬다."라는 후회를 하는 것이 일상다반사인 것을…. 그래서 나는 지금 20대 청년들이 아름다운 꽃 같은 시절을 취업이란 족쇄에 얽매여 지나치게 스트레스를 받지 않았으면 좋겠다.

취업을 하면 재정 상태가 좋아져서 여행도 많이 다니고 맛있는 것도 많이 먹으러 다닐 것 같지만, 생각보다 많지 않은 연차를 쪼개어 유럽 여행 한 번 돌아보기 어렵다. 설령 연차를 낸다고 하더라도 다른 친구와 일정이 맞지 않거나 또는 누군가의 결혼과 임신 등으로 친구와 여행을 가기가 생각보다 어렵다. 30대가 된 지금 나 같은 경우도 얼마든지 여행은 갈 수 있지만 한 친구가 출산 후 몸조리를 마치고 나면 또 다른 친구가 임신을 하고, 그 친구가 출산을 하고 나면 또 다른 친구가 임신을 해서 여행을 못 가게 되는 식이다. 나이 먹고 친구와 가는 여행은 못 갈 일투성이다. 그러니 한 살이라도 어릴 때 친구들이랑 여행을 자주 다녀 보라고 하고 싶다.

연애 또한 마찬가지이다. 나는 나중에 좋은 회사에 취직해서 연애해야지? 학창시절 하는 연애와 어른이 된 후 하는 연애는 약간 결이 다르다. 성인이 되고 나서 하는 연애는 20대의 풋풋한 감성을 따라 하려고 해도 따라 할 수 없다. 아름다운 시절을 취업, 성공이라는 카테고리에 발 묶여서 낭비하지 말고 한 편의 드라마처럼 스토리를 만들 수 있는 인생을 살았으면 한다.

취업만 하고 나면 멋진 남자친구에
외제차도 있고, 여유로운 인생을 살 것이라고
생각했는데, 커피 수혈 없으면 하루를 견디지
못하는 치열한 삶을 살고 있지. 어차피 취직은
누구나 다 하게 되어 있으니까 미리 겁먹지
말고 20대를 즐기도록 해.

- 20대의 찬란했던 아름다움을 놓친 사람이 주는 메시지-

취업 준비가 그냥 커피라면, 직장 생활은 TOP야

수많은 탈락의 고배를 마시다가 드디어 취업의 순간이 온다면, 이제 부모님께 용돈도 드릴 수 있고, 통장도 뚱뚱해지고, 연애도 하고, 결혼도 하고 인생이 탄탄하게 흘러갈 것이라는 생각에 얼마 동안은 벅찰 것이다. 드라마에서 봤던 것처럼 사원증을 목에 걸고 그동안 없는 용돈 쪼개서 사 먹었던 스타벅스 아이스 바닐라라떼도 마음껏 마실 수 있고, 무엇보다 앞으로 걱정 없이 행복할 것이고, 내 인생은 해피엔딩으로 결말이 정해져 있다고 확신하게 된다.

그런데 옛말에 그런 말이 있다. 결혼을 하고 나면 제2의 인생이 열리며 지옥 불구덩이가 될 수도 있다고. 취업도 똑같은 것 같다. 고뇌의 취업 준비생 기간을 생각해 보면 매우 힘들었던 것 같지만 직장 생활과는 도저히 비교할 수 없는 수준이다. 그렇게 힘들게 취업해서 들어간 직장 안에서 고민은 참 많다. 아직 벗겨지지 않은 사회 초년생 티는 직장 내에서는 허락되지 않기 때문에 누구보다 빠르게 벗어야 한다. 신입 사원의 티를 겨우 벗고 나면 그때부터 시작되는 고과 및 성과 평가로 인한 스트레스 그리고 보이지 않는 경쟁과 인간관계는 어린 우리들이 감당하기에는 매우 벅차다.

취업 준비를 하기 위해 내는 성과가 온전히 본인이 하는 만큼 나오는 결과물이라면, 회사 안에서 내는 개인의 성과는 타인의 '입'에 의해 정해지고는 한다. 취업 준비가 초식동물들의 싸움이었다면, 회사 안에서 성과 평가는 육식동물의 싸움이다. 위로 올라가기 위해서는 누군가를 밟고 올라가야 하기 때문에 밥그릇 전쟁은 아주 치열하다. 대학교 동문들처럼 서로 사이좋게 잘 지내면 좋은데 그렇지 않다.

나는 처음에 이런 약육강식의 서열이 이해가 안 되었다. 원래 좋게 좋게 일하자는 마인드였는데 그렇게 하다 보니 내

업무량은 점점 더 늘어났고 내 성과도 항상 좋게 나올 수는 없었다. 욕심을 갖고 열심히 일하기 시작하니 그때부터는 고과가 좋게 잘 나왔지만 다른 직원과의 경쟁으로 스트레스를 받게 되었다. 이렇게 정신적으로 스트레스를 받을 바에 그냥 아무 욕심 없이 다니는 게 낫다고 생각했고 지금도 그렇게 사회생활을 하고 있다. 성과가 잘 나오는 직원에 비해 들어오는 월급은 적지만 정신적인 스트레스는 덜하기 때문에 지금에 만족하고 있다.

개인적으로 누군가를 밟아 가면서까지 그리고 아부를 해 가면서까지 살고 싶어 하는 성향은 아니기 때문에 간혹 직장생활이 고되기는 하다. 계속 이렇게 지낸다면 다른 직원들에 비해 승진도 못하고 제자리걸음일 확률이 매우 높지만 어떻게 몸에 안 맞는 옷을 입고 버티겠는가? 내가 편하고 말지.

참, 이러지도 저러지도 못하는 직장 내 밥그릇 싸움.
취업만 하면 세상의 모든 걱정이 끝날 줄 알았는데,
불구덩이 인생 서막이더라고요.

왜 직장 동료와 사적인 관계를 단절하는지 이제 알겠어

　　한참 인기리에 방영했던 김혜수 주연의 드라마 〈직장의 신〉을 보면 미스 김은 "이것은 제 업무입니다."라고 외치며 직장 동료와 일정한 선을 긋고 지낸다. 9시 업무 시작, 6시 칼퇴근. 퇴근 시간이 1초라도 지체되면 시간 외 수당을 받아내며 칼같이 시키는 일만 하던 미스 김. 또한 직원들과 사적인 대화 단절을 위해 회식이나 개인적인 모임을 갖지 않는 드라마 속 그녀를 보며, 취업하기 전의 어렸던 나는 그녀가 냉정하다고 생각했었다.

　그러다 어렵게 처음 취직한 직장에서 1개월가량 지났을 무렵, 나는 미스 김이 왜 그렇게 행동했는지 비로소 이해할 수 있었다. 직장이라는 곳은 나의 작은 이야기 하나가 불씨가 되어 온 동네 이슈거리가 되고 몰이의 대상이 될 수도 있다는 것을. 특히 한국 사람은 한 사람이 멍석말이를 당하면 그 사람에 대해 알아보려고 하지 않고 다 함께 몰려들어 무조건 몰매질하는 습성이 있는데, 직장이라는 곳은 입을 잘못놀렸다가는 조리돌림 당하기 딱 좋은 장소인 것 같다.

몇 년 전 나에게 친절하게 다가온 직장 선배가 있었는데 개인적인 이야기를 나누며 좀 친해졌다. 아무래도 여자 둘이 이야기를 하다 보니 자연스럽게 남자 이야기, 연애 이야기로 주제가 흘러가고는 했다. 이야기 도중 "우리 씨도 남자가 무조건 집을 해 와야 된다고 생각하지 않나요?"라고 그 선배가 물었고 나는 별생각 없이 "뭐 기왕 해 온다면 굳이 싫어할 사람은 없겠죠?" 하며 대수롭지 않게 이야기를 했다.

며칠 후 회사 내에서 "우리 씨는 집 없는 남자랑은 결혼 안한다고 했었대."라는 소문이 퍼졌고 나는 졸지에 남자는 무조건 집을 해 와야 한다고 생각하는 개념 찬(?) 여자가 되어 버렸다. 나중에 그 선배와 이야기를 해 보니 그런 의도로 말한 게 아닌데 소문이 와전되었다고 한다. 나는 그 이후로 아무리 친밀한 사이가 되었다고 하더라도 말이라는 것이 와전되면 걷잡을 수 없이 퍼질 수 있다는 점에 경각심을 갖게 되었고, 직장 동료와의 사담은 최대한 피하려고 노력했다.

말이라는 것이 정말 무서운 게 듣는 사람이 어떻게 받아들이는지에 따라 새롭게 각색된다. 타인의 이야기를 전달하는 제2의 전달자가 A라고 그대로 전달했다고 하더라도 제3자가 B로 받아들이면 끝이다. 어떻게 보면 참 서글픈 일이다. 가족보다 더 오랜 시간을 함께 보내는 사람들이 직장 동료들인데 곁을 내주기가 힘들고, 믿고 싶지도 않고, 믿기도 힘들다. 미우면 미웠지.

직장 동료에게 집을 사고 싶다고 말하면 다음 날 집을 알아보고 있다고 소문이 나고, 모레는 이미 그 집을 구매했다고 소문이 나며, 일주일 후에는 이미 집을 몇 채 보유하고 있다고 소문이 난다. 그리고 결국 나는 지역 유지로 소문이 나 있더라?

만만한 사람이 되면 나만 힘들어

사람은 본디 누군가를 누르려는 본성이 있다. 그래서 세상을 살다 보면 인간관계는 사전에 약속을 하지 않아도 보이지 않는 기준에 의해 자연스럽게 서열이 정해진다. 소셜에서도 아이돌 가수의 팬들이 팀 내 실세 서열 구도를 정해 애칭을 붙이는 것을 자주 볼 수 있는데 일례로 그룹 트와이스의 멤버를 막내온탑 쯔위, 맏내 나연(막내+맏이) 등으로 부른다.

주로 착하고 편안함을 주며 기분 나쁠 만한 일임에도 불구하고 웃으며 넘어가는 사람, 즉 기가 약한 사람들이 집단 내 실세 서열에서 하위를 담당한다. 그런데 이 만만함과 편안함의 경계에 서 있는 사람들은 가끔씩 딜레마에 빠진다. 바로 적당히 어색한 정도의 거리감이 있어야만 기본적인 예의를 지켜 주는 사람들 때문이다.

이런 종류의 사람들은 적당한 경계의 벽이 허물어졌을 경우, 상대방을 한 수 아래로 깔고 쉬운 상대로 낙인을 찍어버린다. 만만한 사람으로 낙인이 찍히면, 예상할 수 없는 타이밍에 공격을 당하게 되고 상처받는다. 슬프게도 대개 만만한 상대로 지목당하는 사람들의 특성은 주변 사람들에게 친절하고, 잘 웃어주고, 친화력이 좋은 사람들이다. 그렇다면 상대방에게 만만한 사람이 되지 않으려면 어떻게 해야 할까?

첫 번째로 필사적으로 거리를 둬야 한다. 상대방을 쉽게 만만한 사람으로 취급하는 사람들은 어색하다 또는 편안하지 않다는 느낌이 들면 함부로 대하지 않는다. 그런 사람들은 상대방의 감정 따위는 전혀 고려하지 않고 발작에 가까운 신경질을 부리다가 나중에 사과할 때 주로 이렇게 말한다. "네가 편하니깐 그랬지." 사실 편하다는 단어 속에 예의 있는 행동이 빠져 있었다면 그건 네가 만만해서 그랬다는 뜻으로 해석될 수 있다.

두 번째는 스스로에게 가면을 씌우지 않는 것이다. 어떤 뜻이냐 하면, 상대의 비위를 맞추기 위해 굳이 맞장구칠 필요가 없고, 싫은 부탁을 굳이 들어줄 필요가 없다는 것이다. 내가 하기 싫은 일은 단호하게 거절할 수 있어야 한다. 집단 속에서 유독 한 사람이 나만 갈군다면 말해라. 말로 하지 못할 거면 행동으로라도 불쾌함을 드러내라. 좋은 사람 코스프레 하다가 자기 마음의 병만 키우게 된다. 다른 사람에게 맞추기 위해 노력하지 말고 있는 그대로 자기 자신에게 솔직해져야만 타인이 나를 만만한 상대로 보지 않는다.

세 번째는 말이 통하지 않는 자에게는 '개쌍마이웨이'가 되는 것이다. 영화 〈조커〉에서 아서 플렉이 주변의 무관심과 무시를 견디다 못해 광대 분장을 하고 무분별하게 사람들을 죽였을 때 비로소 무시와 조롱은 끝나게 된다. 광기를 터뜨려야만 말이 통하는 사람이 있다. 그런 폭탄 같은 사람에게는 당신도 같이 폭탄을 터뜨려라. 본인이 조롱을 당해 봐야 타인의 기분을 알 수 있다면.

열심히 살아도 정반대의 화살이 돌아와

인생이 열심히 산 만큼 그 방향대로 흘러가면 좋으련만, 그렇지 않고 역방향으로 흘러가는 일이 비일비재하다. 정말 열심히 일을 했지만 회사에서는 아무도 알아주지 않고, 이런 현실이 너무 싫어 도피하고자 열심히 다른 일을 준비했지만 원하는 대로 이루어지지 않고. 열심히 살아왔음에도 불구하고 땀만 흘리고 열매를 얻지 못한다는 것은 매우 슬픈 일이다.

특히 한두 해 나이를 먹을수록 열심히 사는 것만이 꼭 현명한 방법이 아니라는 것을 체감하게 되면서 계속 열심히 살아야 하는지 반문하게 된다. 20대에는 "무조건 열심히!"라며 느낌표로 외쳤다면, 30대가 된 지금은 "열심히…? 내가 굳이…?"라며 물음표를 띄운다.

열심히 하는 것에 대해 Negative 입장을 취하는 이유는 많은 경험을 통한 실패도 있지만 세상의 불공평함에 대해 어느 정도 알았기 때문이다. 빌게이츠도 강연에서 언급했듯이 세상은 원래 불공평하다. 불공평한 사회 속에서 열심히 내 힘으로 인생을 조종한다 한들 원하는 방향대로 흘러가기가 어려울 뿐 아니라, 설령 운이 좋아 원하는 방향대로 흘러간다고 하더라도 원래 운이 좋은 사람, 백이 있는 사람, 타고나길 부자로 태어난 사람보다 곱절은 노력을 해야 한다. 세상은 단언컨대 절대 공평하지 않다. 그렇기 때문에 열심히 살려거든 적당히 열심히 하라는 것이다.

내가 경험한 바에 의하면 너무 열심히 살면 그만큼 번아웃증후군도 쉽게 빨리 온다. TV를 보면 연예인들도 목표에 도달하기 위해 열심히 살았지만 이후 목표가 사라져 방향을 잃고 우울하다고 하지 않는가? 정신과 의사들도 회사에 또는 일에 너무 많은 에너지를 쏟지 말라고 직접적으로 말하기도 한다. 적당히 일하고 나머지 에너지는 자신만의 시간에 쓰라고, 그래야 지치지 않고 버텨낸다고. 또한 그래야 우정도 사랑도 가족과의 평화도 유지할 수 있다. 살다 보니 착하게 열심히 사는 것이 꼭 현명한 방법은 아닌 것 같다.

가끔 직장 상사 중 이런 말을 하는 사람이 있어요. "열심히 하는 것은 필요 없다. 잘하는 것이 중요하지." 열심히는 필요 없다는데 뭐굳이 열심히 합니까? 적당히 느슨하게 사세요. 그리고 열심히 했을 때 내 가치를 알아주는 곳에 가서 에너지를 쏟으세요.

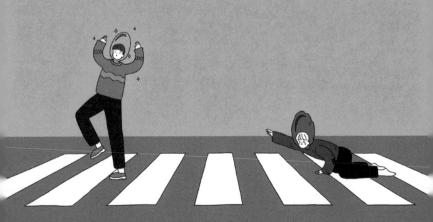

과연, 결코, 단연. 나의 20대

사실은 낯가리고 있는 중이란 걸 몰랐다

어릴 적부터 새로운 사람들, 아니 친인척에게도 낯가림이 심해서 인사도 쭈뼛쭈뼛하며 엄마 뒤로 숨던 기억이 참 많다. 떠올려 보면 보수적인 부모님 밑에서 애교 없는 무뚝뚝한 첫째로 태어나 내성적인 성격이 지금보다 심했다. 거기에다가 부모님도 자식이 처음이었던 나를 만나 모든 게 어설펐을 것이고 나 또한 부모님께 이래저래 첫째로서 참 많이 혼났다. 춤을 추다가 잠깐 회사 생활을 하면서 타인과 어울리는 법을 제법 배웠지만, 어른이 된 지금도 아직은 낯선 사람과 밥을 먹거나 대화를 할 땐 말을 더 많이 하려 드는 날 발견한다.

단순히 부끄러움을 많이 타는 정도로 타인을 경계하고 낯을 가렸다면 나도 타인도 빠르게 상황을 받아들일 수 있었겠지만, 난 오히려 반대였다. 잠깐의 적막함도 내겐 엄청난 부담이어서 말을 과하게 이어 갔다. 그래서 사람과의 만남이 어색했던 나는 어색함이 어색함으로 표현되지 않도록 대단한 노력을 기울였고, 밝고 활발하며 절대 무겁지 않은, 그저 그런 평범한 사람으로 보이도록 노력했다. 어쩌면 새로운 타인과의 만남이 나로선 썩 유쾌한 에너지를 쓰는 행위는 아니었을지 모른다.

나는 모든 상황을 아주 원시적으로 나만의 정의를 내릴 때까지 파고드는 걸 좋아한다. 그래서 혼자 골똘히 내 모습을 떠올려 보면서, 내가 가진 성향과 성격이 유전적인 영향인지 아니면 후천적인 환경의 영향 때문인지 원인을 찾아보려고 복잡한 생각들을 반복하며 꼬리에 꼬리를 물고 생각에 잠기곤 한다. 대부분의 멍 때림은 여기서 시작된다. 아니 멍 때림이 아니라 그냥 매번 이런 식으로 생각에 잠기곤 한다. 문제의 발단이 어디서부터일까를 고민하면서 말이다.

나의 20대, 완벽한 자아를 가지고 싶었던 마음이 컸기에 완벽함 속에 완성되지 않은 내 자아를 직면하는 게 참 힘들었다. 보기보다 난 많이 나약하고, 감성적이고, 예민하고, 외로움을 많이 타는 동물이었다. 어쨌거나 내가 원하는 삶은 저만치 위에 있는데 하루하루 사는 게 왜 이리 버겁기만 했는지. 모르는 게 많고, 조심성도 없었던 내 삶. 20대의 내 삶은 상처투성이일 뿐이라 느꼈다. 그저 처음이라서 버거웠다, 아주 많이.

　그림을 그리고자 데생 작업을 들어갈 때면 그저 도구 먼저 집고 의자에 앉아 그릴 자세를 취해야 하는데 그것조차도 쉽지 않았다. 글쎄, 이 기억조차 나를 위해 합리화한 것일까. 지금도 뚜렷하게 말하고자 하는 하나뿐인 나의 추억은 오직 나를 통해 이렇듯 글로써 기억될 뿐이다.

과거에 사는 인간에게 벌어지는 일

고등학교 때의 좌우명 "현재에 살자"는 강인한 정신력과 내가 생각한 건 어떻게든 이루겠다는 의지가 담긴 메시지였다. 꼭 원하는 학교에 가고 싶었고 주변 사람들에게 인정받고 싶었다. 남들보다 늦게 무용을 시작했고, 집이 서울이 아니다 보니 서울에서 무용을 배우는 친구들보다 뒤처질 수 있다는 전제가 늘 깔려 있었다. 연습에 완벽은 없다고 생각했기 때문에 무대에 오르기 직전까지 늘 이어폰으로 작품 음악을 들었고, 머릿속엔 동작 생각뿐이었다. 지금 생각해 봐도 후회 없이 생활했고, 내게 이런 면이 있었나 싶을 정도로 독했다.

하지만 막상 서울에 오니 현실은 내가 기대했던 대학 생활의 로망과는 정말 한참 동떨어져 있었다. 즐기며 춤을 추고 싶었지만, 내 춤을 추기엔 몸과 마음과 환경의 여유가 받쳐 주지 않았다. 혼자 멍 때리며 생각에 잠길 때가 많았는데 온통 고등학교 때 행복하게 춤을 추던 나의 모습을 그리워하는 것뿐이었다. 오죽하면 그리워할까. 현실을 만족스럽지 않게 생각하는 나 자신이 딱하기도 했다.

인간은 참 간사하다. 20대의 나는 주어진 환경에서의 내 모습에 만족하거나, 스스로를 칭찬하거나 위로하거나 응원하기는커녕 항상 부족함을 느꼈고 만족스럽지 못했다. 무언가 잔잔한 불안감만 존재했다. 대학교 때는 이미 지나간 고등학교 때의 모습을 그리워했고 30대인 지금은 지나간 20대의 내 모습을 그리워한다. 문제는 지금의 나보다 20대 시절의 내가 상대적으로 불만족의 깊이가 심했다. 'If only'를 떠올리면 문제는 발생한다. 지금의 위치에 대해 객관적으로 보려 노력하기보단, 사람을 탓하고 환경을 탓하고 때를 탓한다. 그리고 이 모든 요인에 올라가 있는 나를 탓하게 된다.

물론 분별력 있는 삶을 살기란 쉽지 않다. 그때의 나도 분명 모든 게 100% 만족스러운 생활이진 않았을 테고 밝음 뒤에 또 다른 어려움이 존재했을 텐데 현재의 내가 과거의 나를 떠올려 보면 왜 좋은 기억뿐인지. 지나간 나의 모습과 행적들에 무게를 두지 않는 지혜로움, 20대의 나는 그게 부족했다. 과거에 살다 보니 현재 내 모습에 대해 만족하기보단 매사 부정적이기만 했고, 새롭게 무엇인가를 시작하기도 전에 덜컥 겁냈고, 뭐든 다 해 보기도 전에 생각만 많다가 결국은 주저앉는 게 습관처럼 자리 잡았다.

뫼비우스의 띠처럼 악순환은 반복되었다. 가장 소중하고 찬란해야 할 20대의 절반 동안 나는 시간의 주체자가 되지 못하고 시간에 끌려다니기 바빴다. 하염없이 우울했고, 고민에 빠졌으며 단순하게 생각하지 못하고 무엇이든 어렵게 생각하고 만들었다. 과거를 회상하며 추억하는 게 나쁜 건 아니지만, 지금 내 모습을 인정하고 앞으로 나아가야 한다는 것을, 과거의 내 모습은 그저 사진 한 장일 뿐이란 것을 그때의 내가 알았더라면 어땠을까. 살아간다는 게 쉽지는 않지만, 인생에 길잡이가 되어 줄 수 있는 건 그 누구도 아닌 나 자신이란 걸 알았더라면. 인생이란 게 내가 애쓰고 발악하는 게 중요한 게 아니라 내가 나를 보듬어 주는 게 시작이란 걸 알았더라면 어땠을까.

과거를 회상하는 데 시간을 허비하는 건 유익하지 않으며, 과거는 과거의 나로 존재할 뿐 현재를 대신하지 않는다는 걸 이제 조금은 알 것 같다. 과거에 깊게 몰입하지 않는 건 아직 오지 않은 미래의 나를 존중해 주는 방법이다.

찬란하지만은 않았던 20대,
지나고 보니 다 꽃이었네

              강하고 용기 있지만, 스스로도 방향을 모르고 현실도 알 수 없는 오뚝이가 꼭 들어맞던 나의 20대. 그 시절 내 좌우명은 "난 내 의지대로 된다."였다. 듣기만 해도 패기 넘치는 좌우명이지 않은가. 열정과 에너지와 열심히 하고자 하는 성의만 있다면 세상 모든 것이 다 나를 따라올 것만 같았다. 아니, 세상살이라는 게 다 그렇게 흘러가는 줄 알았고 그냥 아무 생각 없이 그렇게 되길 바랐다. 당연히 모를 수밖에 없었고, 몰랐지만 내가 할 수 있는 걸 그저 열심히 하는 것이 답이길 바랐다.

       『아프니까 청춘이다』라는 책을 보면서 내 인생에 도움이 되겠지 싶어서 한 번 더 밑줄을 그었다. 그렇게 뭔지는 모르지만 남들과 다르길 바랐던 삶에, 앞을 모를 미래에, 모든 걸 던졌다. 내 20대는 그러했다. 단순하고 순수함이 다한 지침 없는 20대.

마치 칼칼하고 시원한 수제비 한번 만들어 보겠다고 반죽을 하듯이, 열심히 현실이라는 반죽 통에 몸을 맡기고 치대어 보기. 어떠한 모양과 식감과 맛이 나올지 알지도 못하고 치밀하게 계산하지도 못한 채 그저 투박하고 과감하게.

그 시절의 나는 승무원이 간절했다기보다는 내가 새롭게 도전하는 일을 꼭 달성하고 싶었다. 직업이 내게 가져다 줄, 남과는 다를 행운을 기대하며 그 직업이 정말 내게 맞는지 살펴볼 시간은 뒤로한 채. 뻔한 방정식이었을까. 열심히 하고자 했던 마음만 컸을 뿐 승무원이라는 직업에 대해, 나 자신에 대해 객관적으로 바라보지 못했다. 보통 서비스 마인드를 두루 갖춘 승무원이라고 하면, 기내에서 승객이 편안하게 서비스를 받을 수 있도록 그에 맞는 이미지와 목소리 톤, 온화한 미소와 자세를 갖춰야 할 터인데, 내 경우에는 욕심과

의지만 있던 터라 디테일한 부분을 고려하지 않았다. 뭐든 열심히만 했다. 그렇지만 얻은 것도 많았던 경험이기에 후회는 없다.

결과는 내 열정을 접어야 했을 만큼 차갑고 냉혹했다. 정신도 못 차릴 정도로. 면접 때 승무원에 적합하다고 내세울 수 있을 만한 강점을 어필했냐고 묻는다면 그렇지도 못했다. 그저 잘하고 싶다는 욕심에만 몰입한 나머지 극도로 긴장한 가운데 면접을 마무리 지었다. 승무원 면접은 보통 분기별로 한 번 있을까 말까다. 두세 번 면접의 고배를 마시고 준비 기간이 1년여 즈음이 되자 다른 면접이라도 봐야겠다고 생각하고 인터넷을 뒤적뒤적하여 로펌 비서를 지원했다.

지금 생각해보면 어떤 직장이든 상관없이 그저 회사 생활이 내 목적이었을까. 면접도 사람도 직장도 다 때가 있고 인연이 있다. 그때 면접을 보셨던 분이 내가 직접 모실 대표님이실 줄이야. 면접장 공기는 익숙한 듯했고, 긴장감이 돌아야 할 분위기도 편안했다. 경력 없는 날 살펴 주셨던 좋으신 분들. 그분들의 선택으로 면접 후 그 다음 주부터 출근하라는 예기치 못한 연락을 받게 되었다. 내가 로펌 비서로? 승무원을 준비하면서 워밍업을 했고 이제 본격적인 스타트를 앞두게 되었다. 준비되지 않은 비서 생활을 내가 할 줄이야.

막상 일하자니 사실 엄두가 나지 않았다. 승무원도 아닌 비서라니. 법 절차나 지식은 1도 없는 상태에서 입사하게 되었다. 그것도 면접을 보셨던 분과 한 팀이며 법률2팀 대표님의 비서로. 9시 출근 6시 퇴근, 회사의 직급이란 걸 알긴 했을까? 대학교에서 교수님과 제자 사이, 선후배 사이 서포트 정도가 끝이었던 내게 회사 생활이 쉽지는 않았다. 정말 단하나의 힌트도, 예시도, 좌표도 없는 나의 회사 생활은 인복이 다했다. 부족한 날 받아 준 회사 분들께 지금도 감사를 표한다.

20대는, 어딜 가든 어떤 조직에서나 하물며 버스를 타더라도 다수의 사람들 사이에서 파릇파릇한 사회초년생이다. 나 역시 막내인 데다가 쌓아놓은 돈과 경력도 없으며 이런 것들을 앞으로 준비해 나가야 할 20대였지만 승무원 취업 도전기, 로펌 비서로서 1년여 회사 생활로 내실을 충분히 다졌

기에 지금에 이를 수 있었다. 내가 원하고 충분히 준비한 후에 시작한 사회생활은 아니었지만 지나고 보니 뛰어다니며 배웠던 나의 회사 생활은 젊음이 다한 꽃이었다.

아주 진부한 이야기지만 나의 20대는, 남들과 비교할 수 없고 돈으로도 살 수 없는, 둘도 없는 나만의 경험이자 앞으로도 두고두고 혼자 꺼내 볼 값진 추억이다. 경험이라는 건 오직 나만의 스토리. 만일 내가 20대에 취업 전선에 새롭게 도전하지 않았더라면 지금의 내 삶과 내 일과 내 모든 관계는 또 달라졌겠지.

글쎄, 진정 완벽한 20대가 있을까. 아무것도 몰랐지만 아무것도 몰랐기에 가능했던 나의 20대. 겁먹었더라면 하지 못했을 나의 이야기들. 수없이 도전했고 무얼 이루어야 할지 몰라 답답하고 힘들었던 20대를 지금 위로해 본다. 막심한 후회를 하기보단 부족했지만 감사했다고 나를 토닥거려 본다. 간간이 떠올려 본 나의 20대, 40대가 되어서는 또 어떻게 그 시절을 떠올리고 회상하게 될까.

어디에도 완벽함은 없었다

20대가 되면 연애도, 공부도, 춤도, 인간관계도, 학교생활도 모두 다 잘하고 싶었다. 잘하는 게 곧 잘 사는 거고 그렇게 살면 언젠가 나는 멋진 사람이 되어 있겠지. 내가 날 봐도 만족하고 남들이 나를 봐도 인정해 줄 만한 그런 삶.

하지만 완벽하게 하고자 했을 때 이미 그 순간부터 나는 힘들어졌다. 남들은 참 쉽게 쉽게 모든 걸 하는 것 같은데 난 그러지 못했다. 물론 단순히 내가 애쓰면 성과가 바로 나타나는 것도 있었지만, 내 마음을 온전히 다 쏟아부어도 안 되는 것들이 있었다. 바로 사람과 사람 사이의 관계였다.

'너를 생각하는 내 마음이 이러하니, 너도 그러하길.'이란 약간의 순수함과 미련함으로 모든 관계에 최선을 다했다. 그리고 자부했다. 난 관계에 절대 후회하지 않는 사람인 걸로. 그러다 보니 남들과 소통하는 법보단 남들에게 맞추는 게 편했고, 불필요하거나 불합리한 일들도 내가 먼저 마음을 비우고 상대에게 맞추면 모든 게 해결된다고 생각했다. 워낙 외로움을 많이 탔던 탓에 내 곁에 있는 내 사람이 떠난다는 건 있을 수 없는 일이었다. 사람들은 당연히 내 기분이나 마음이 어떤지 알 리 없었고, 나 또한 내 마음을 보여주는 게 내 마음의 그릇을 들키는 것 같아 자존심 상하는 일이라 생각했다.

이런 일들이 쌓여 결국 관계는 어긋났다. 상대방은 어떠한 이유인지 알지 못한 채 참고 참다가 터졌고, 일방적인 나의 선택 때문에 서로 멀어지기 시작했다. 이 모든 책임으로부터 나는 자유로울 수 없었다. 완벽하고 싶었던 마음뿐이었는데, 관계란 건 내가 모든 걸 통제할 수 없음을 깨달았다.

연애도 마찬가지였다. 나의 기분과 나의 상황, 나의 상태를 오롯이 보여주고 알려주고 생각한 걸 전달하는 게 아주

기본적인 소통이고 배려인데 늘 혼자만 생각하고 결정하기 바빴고, 상대방은 그런 나에게 서운함을 느낄 뿐이었다. 상대방의 불쾌함은 고스란히 나에게 전달되었고, 그런 불쾌함의 원인과 잘못이 모두 나에게 있다는 걸 그대로 인정하지 않고 그저 상대방이 나에게 화내는 점만 억울했다.

관계를 완벽하게 만들기 위해 가장 기본이 되어야 할 소통이 되지 않다 보니 나의 바람과는 정반대로 흘러갔다. 외로움을 사람으로 채우려 하다 보니, 인간관계는 내 뜻과 정반대로 흘러갔고 감정적인 소모만 심해졌다. '덧없다'고 느꼈다. 한편으론 내가 불쌍해서 내 감정의 고립을 두고 홀로 많이 울었지만, 지금 생각해 보면 외로움이 아닌 이기적인 나의 태도를 측은함으로 포장한 오만함이었다.

관계는 혼자 하는 것이 아님을 새삼 깨닫는 순간이 왔다. 바로 내가 상대에게 했던 행동을 또 다른 새로운 사람에게서 발견했을 때다. '아, 내가 이런 기분이 드는데 그때 그 사람도 이런 기분이 들었을까? 그랬겠구나.' 이미 지나간 시간과 벌어진 일련의 행동에 대해 지금 사과하고 용서를 구한들 지나간 관계의 빛은 다시 찾을 수 없겠지만, 다가올 새로운 사람들에 대해선 적어도 20대 나의 서투름은 보이지 않으리.

참 괜찮은 사람이 되고 싶다는 갈망은 내가 인정하는 완벽함이 아닌 상대방으로부터 시작된다는 걸 관계의 실패를 통해 배웠다.

원하는 나 vs 원래의 나

       20대의 나는 대학 졸업 후 지금의 직장에 안착할 때까지, 원래의 나를 받아들이기보단 원하는 내가 되려고 애썼다. 뭐 지금도 인생을 사는 사람들이라면 자기 자신을 받아들이는 무한한 싸움을 하고 있지 않을까. 해탈한 듯 해탈하지 못한 사람이 감히 말하길.

   고등학교 친구 한 명이 8년 동안 친구들에게 자기의 병을 알리지 않고 아파 오다가 20대 중반에 하늘로 떠났다. 오랜 시간 홀로 병과 싸우며 힘겨웠을 모습을 떠올리니 '아, 마음이 저려 온다는 게 이런 걸까?' 감정 연결 고리란 건 별 게 아니다. 책을 통해 간접적으로 채우는 건 현실과 절대 비교 불가다. 그저 우리네 불안하고 나약한 삶에 한 치 앞도 모를 찰나 닥친 일에 흐느끼고 깨달으며 꾸역꾸역 배워 오는 것일 수도.

주어진 '시간'에 대해 정말 아무 생각도 없었다. 그저 오늘이 있고 내일이 오니까 하며 살았다. 태어났으니 살았으며 숨을 쉬던 나에게 친구의 죽음은 '아, 인생이란 이토록 허무맹랑하게 소리 소문도 없이 계절 바뀜보다 매섭고 냉정하게 끝날 수 있구나.'라는 생각과 함께 인생의 허무함을 가르쳐주었다. 친구 영정사진 앞에서 그때 느꼈던 내 모든 기억들을 고인을 위해 평생 잊지 않기로 나 홀로 다짐했다. 그리고 지금도 여전히 그리워하며 잊지 않기로 한다.

원하고 바라는 모습으로 삶을 살아간다는 것. 적당히 타협하고 적당히 내 마음을 들여다볼 줄 알며 적당히 나의 템포와 방향에 몸을 맡기는 것. 그러나 때는 내가 정하는 것이 아니란 걸. 원하는 나와 원래의 나. 나만 알 수 있는 나 자신과의 온도 싸움에서 늘 고민이지만 그럼에도 20대의 나는 원하는 나와 원래의 나 사이에서 참 잘 싸웠다. 고됐지만 애썼다. 청춘은 어느 누구나 후회 없이 떳떳하리.

글쟁이가 될 수 있음의 요란한 기록 여정으로써 글을 쓰는 것이 아니라 내 자아가 용기를 냈다는 데 의의를 두려고 한다. 내가 가진 직업, 사회적 위치, 관계, 사물, 사실의 흐름 속에서 나의 이야기를 한다는 건 내가 모르는 불특정 다수의 사람들에게 내 몸을 맡기는 것과 같기에.

Part 2

서른

–

그럴싸한 내가
되어 있을 줄 알았다

프리랜서 L

그럴싸하지 않은 완벽한 미완성이
서른이다

20대는 많은 경험도 해 보고 방황도 하는 그런 시기라고 해서 완벽한 미완성이었지만… 서른엔 완성이 될 줄 알았다. 하지만 막상 서른이 되어도 여전히 난 완성이 아닌 미완성이었고, 30대의 시작인 서른은 20대와는 꽤나 달리 성숙해져 있을 줄 알았는데 그게 아니었다. 여전히 불안했고, 그럴싸한 내가 아니라 그럴듯한 내가 되기 위해 아등바등하는 나였다. 서른이 되어 보니 이 나이 또한 완벽한 어른이 아닌 여전히 어른아이일 뿐이었고, 여전히 나를 위한 삶을 살고자 하는 나이라는 걸 알게 됐다. 비록 서른의 시작은 미완성이었지만, 20대의 나와는 달리 조금은 나를 위한 선택을 하고 있었고 현실적으로 모든 것을 바라보는 시선도 생기고 있었다.

가랑이 찢어지기 전에 다시 오므려 가려고요

초조하고 바쁘게 살았지만 정작 나를 위해 산 시간은 많지 않은 20대를 지나 어느 순간 서른이 되어 있는 날 보니, 자존감이 그리 높지 않은 내가 되어 있었다. 내 속도는 모른 채 불안해하며 남의 속도에 맞춰 따라 산 나의 20대에게 참 미안했다. 물론 내가 한 선택이었고 내가 나를 모르기에, 애매모호하게 산 시간은 그 누구의 탓도 아니다. 단지 20대의 내가 나를 좀 더 사랑할 줄 알고, 나 자신을 살펴 볼 여유가 있었더라면 좀 더 20대가 즐겁지 않았을까?

20대 막바지에 나를 위한 선택으로 했던 6개월간의 몰타 어학연수 생활은 짧으면 짧고 길면 긴 시간이겠지만 세상을 바라보고 나를 바라보는 관점을 다르게 해 줬다. 정말 다양한 국적의 사람들이 한 반에 많으면 10명이 모여 영어 수업을 들으면서 토론을 할 때면 참 다르다는 생각을 많이 했다. 몰타에서 공부를 해 보니 학창 시절 문법에 집중된 암기식 영어를 배웠던 것이 보여 주기 식이었구나 하는 생각이 들었다. 반 배정을 위한 시험을 보면 한국인 대부분이 높은 점수를 받는다. 하지만 실제 반에서 다른 국적의 친구들과 대화를 하면 형편없는 회화 실력이 많아 담당 선생님도, 같은 반 학생들도 한국인의 이런 모습을 의아해하는 경우가 종종 있었다.

외국인과 대화를 원활하게 하기 위해서 배우는 게 영어인데 많이 말하기보단 암기를 하고만 있으니 참 이해할 수 없는 노릇이다. 취업을 위한 영어, 자격증을 위한 영어를 했던 우리는 시험 점수는 높을지언정 말은 잘 못하는 한국인이었다. 보여 주기 식 영어에 이어 우린 참 여유가 없고, 자기 자신을 바라볼 시간이 없는 삶을 살고 있구나 하는 것을 이곳에서 더 느꼈다.

"유럽 대부분의 나라에서는 고등학교 졸업 후 1년 동안은

내가 하고 싶은 게 뭔지 다양하게 해 보는 갭이어 시간을 갖는 게 일반적이야."

"한국에선 고등학생이면 하루에 4시간 잠을 자도 많이 잔다고들 말해."

"법적으로 문제가 되지 않아?"

"그게 말이 되는 삶이야?"

"누굴 위해 그렇게 사는 거야?"

그러게 말이다. 물론 꿈이 있는 사람이면 그 시간마저 힘들어도 잘 견뎌 내겠지만, 나를 포함해서 일반적으로 대부분의 학생들은 고3을 지내면서 잠을 조금 더 자는 게 불안했을 것이며 점수에 맞춰 대학을 가고 진짜 원하는 학과인지 확신을 가지지 못한 채 그렇게 수험 생활을 했다.

왜 우린 잠시 멈추면 안 되고, 정작 내 인생에 중요한 '나'를 놓친 채 살아가고 있었던 걸까? 왜 나를 위해 살아야 하는 내 인생에서 남을 따라 살고, 진짜 내가 원하는 게 무엇인지 모른 채 살아갔는지… 몰타에서의 생활은, 뭐든 빠른 게 좋다고 하는 한국의 문화를 조금은 내려놓고 나 위주의 삶을 살아 보게 했다.

　천천히 살아도 되고, 잠시 멈춰도 내 인생에 그 무엇도 크게 변하지 않는데 나 스스로 다른 사람들의 보폭에 맞춰 사는 게 익숙해져 그렇게 살았다. 내 보폭은 그게 아닌데 남의 보폭을 내 보폭인 것처럼 여기며 "뱁새가 황새 쫓아가다 가랑이가 찢어진다."라는 말처럼 남을 따라 살다가 진짜 내 인생은 어느 순간 없어지는지도 모른 채 그렇게 살았다. 남을 따라 사는 인생이 진짜 내 삶인 줄 알고 그렇게 살았던 거다.

　원래 나는 어학연수는 어릴 때만 갈 수 있는 거라는 편견이 있었다. 하지만 자기 자신을 위해 40대~60대 등의 나이에도 몰타로 어학연수를 와서 배우는 유럽인들을 보며, 우린 그 숫자가 뭐라고 자기 자신을 숫자에 갇혀 살게 한 걸까 싶었다. 꿈을 이야기할 때도 "나이 때문에 고민하게 된다."라고 했을 때 유럽인은 그 누구도 동의하지 않았다. 오히려 "왜 인생을 나이로 좌지우지하려고 하는 거야?", "꿈은 죽을 때까지 꾸고 살아야 하는 거야.", "충분히 네 자신을 사랑하고 네 인생을 좋아하는 사람이 되었으면 좋겠다." 등등의 말을 해 주었다.

그들은 인생에서 '나'보다 더 중요한 것은 없음을 알려 주었다. 어떤 꿈이라도 내가 하고 싶은 꿈이라면 해 보고 판단해도 늦지 않을 나이고, 서른은 축복받아야 하는 나이임을 그들을 통해 알 수 있었다. 서른에 내 인생을, 내 꿈을 찾고자 나를 위해 선택한 몰타 어학연수는 내 인생에서 잘한 선택 중 하나가 되었다. 이 선택이 있었기에 나의 30대는 살아볼 만할 것 같았다.

"왜 이렇게 열심히 사세요?"라는 질문에 "다들 그렇게 하는데 안 하면 안 될 것 같아서요."가 아니라 "제가 하고 싶은 일이니까요."라고 답하는 우리가 되었으면 한다. 내 속도로 살아도 충분히 잘 살 수 있고, 더 행복할 수 있으니까. 가랑이 찢어져 아파 죽겠는데도 숨긴 채 상처가 덧나는데도 모른 채 그렇게 살아가지 마세요. 그러지 않아도 우리의 인생은 충분히 바쁘고, 고되고, 힘드니까요.

맞지 않는 사람입니다

　　　　"대한민국의 많은 회사 소개는 믿는 게 아니야."라는 말이 있다. 회사 소개를 보면 어디든 안 좋은 회사가 있을까 싶고, 꿈의 직장이라고 불리는 곳도 있으니 말이다. 하지만 꿈의 직장이라고 불리는 곳마저도 한국 기업이라면 실상은 꿈의 회사가 아니라는 게 현실이다. 20대 때 회사를 다니면서 명확하게 깨달은 건 '나는 맞지 않는 사람이구나.'였다.

　　회사에서 말단 사원의 의견은 제외되는 경우가 많고, 이거하려고 회사 다녔나 싶을 때가 한두 번이 아니다. 한때 〈미생〉이라는 드라마가 각광을 받은 것도 실제 사회 초년생 모두가 미생이었고, 진짜 회사에서의 그들 모습 그대로를 드라마에 녹여냈기 때문이었다. 회사 생활에 대해 로망을 갖는 것도 어쩌면 방송에서 보여 주는 회사생활 때문이다. 현실의 찌질한 모습 대신 방송에서 보여 주는 회사생활에는 문제가 생겨도 누군가 잘 해결해 주는 사람이 나타나고, 뭐든 잘 도와주는 완벽한 상사가 나온다. 하지만 실상은 완벽히 혼자이며, 거지 같아도 속으로 욕하고 겉으로는 웃을 수밖에 없으며, 누군가 내게 잘해 줘도 믿지 말아야 하는 곳이 현실의 직장이었다.

부푼 기대를 갖고 첫 직장 생활을 시작한 20대에게 "회사 생활 어때요?"라고 묻는 질문에 "좋아요."라고 대답하는 사람이 과연 얼마나 될까? 왜 우린 회사를 다니면서 퇴사를 생각할까? 회사 생활을 하지 않고 그 집단에서 빠져나온 내가 문제가 있는 거라고 생각하는 사람들이 꽤 많다.

누군가를 짓밟고 올라가야 하는 사회 구조 때문에 직장 내에서는 제대로 된 인간관계를 맺기는 어렵다. 그래서 직장에서의 인간관계에 진짜는 없었다. 퇴사자의 대부분은 업무보단 직장 내에서의 인간관계 때문에 퇴사하는 경우가 많다. 난 진짜 나를 속인 채 회사 생활을 할 자신이 없었고, 그곳에서 더 있다간 진짜 나 자신이 아예 없어질 것 같았다. 그렇게 나는 맞지 않는 회사 생활 대신 공간과 시간에 제약이 없는 프리랜서의 길을 선택했다.

내 인생인데 평생을 꿈 없이, 진짜 나 없이 조직 생활을 하고 진짜 인간관계를 만들지도 못하면서 괜찮은 척을 하면서 살고 싶지 않았다. 안정적인 삶 때문에 나와 맞지 않는 곳에서 직장 생활을 할 만큼 안정적인 삶을 원하지도 않았다. 아마 누군가는 내 선택에 동의를 하지 못할 수 있다. 그렇지만 그때의 난 내가 없는 내 삶이 너무 슬펐고, 한없이 내가 불쌍해 보였다. 입사하기 전에 꿈꾸던 회사 생활과 실제 회사 생활은 다르다고 하더라도 내가 느끼는 감정을 모르는 척하기엔 한 번뿐인 내 인생이 너무 안타까웠다. 그래서 난 '맞지 않는 사람'이 되기로 했다.

회사 생활을 하면서도 퇴사를 마음속에 품고 다녔었기에, 나는 조직 생활이 맞지 않는 사람이구나 하고 생각했다. 부모님은 한 곳에서 수십 년 회사 생활을 하고 퇴직하셨는데 참 존경스럽다. 하지만 내가 갈 수 있는 길은 아니라는 게 나 스스로 내린 결론이다. 회사를 다니면서 즐거워하고 만족하면서 오랜 시간 회사 생활을 하는 사람들을 보면 대단해 보인다.

한편으로는 난 왜 하지 못했을까 싶기도 하지만, 내 선택에 후회는 없다. 프리랜서로서의 제대로 된 시작을 워킹홀리데이와 함께 외국인으로서 살아가며 시작한 덕분에 난 완벽히 홀로 서는 법을 배울 수 있었다. 해외에서의 프리랜서 삶을 부러워하는 사람들도 있지만, 부러워하지 않아도 된다. 정착하기 전까진 생각 이상으로 힘들었고, 또 한 번의 불안을 겪기도 했으니까. 쉽게 누군가를 부러워하지 말자. 보이는 게 다가 아니다. 좋아 보이기 전까지 미친 듯 노력한 시간이 있었을 것이다. 그러니 무조건 부러워하기보다는 현재의 내 모습에 내가 만족하는지부터 봤으면 한다.

회사를 다니면서 만족한다면 당연히 그곳에 있어야 하지만, 나처럼 한 곳에서 오랜 시간 일하는 게 맞지 않는 사람이라면 그 생활은 매일이 스트레스일 수밖에 없다. 스트레스를 받으며 살기엔 우리 인생이 마냥 길지만은 않고, 언제 어떻게 될지도 모른다. 그러니 한 번은 자기 자신을 위한 선택을 하길. 우리 인생은 스트레스 받으며 살아도 될 정도로 하찮지 않으니까.

디지털 노예가 되기 전에 알아야 할 5가지

많은 직장인들이 꿈꾸는 삶 중에 하나가 바로 프리랜서다. 요즘에는 디지털노마드라는 좋게 포장된 이름도 생겨나다 보니 프리랜서를 하고 있는 모든 사람들이 다 행복하고 여유로운 줄 안다. 사실 나도 프리랜서를 하면 시간이 정말 자유롭고 일을 많이 안 해도 나를 찾아 주는 이도 많고 그럴 줄 알았다. 그런데 해 보니 이 또한 직업이라 보이지 않는 많은 프리랜서와 경쟁해야 하는 세계가 바로 이 일이다. 프리랜서도 생계가 걸리니 절대 쉽게 생각해서는 안 되는데 많은 이들이 쉽게 생각하는 게 프리랜서인 것 같다. 퇴사를 고민하고 있다면 다음 5가지를 반드시 충분히 생각해보고 결정했으면 좋겠다.

첫째, 퇴사하면 모든 게 행복할 거라고 기대하지 말자.

많은 직장인들, 나 역시도 퇴사를 하면 모든 게 행복하고, 좀 더 잘 될 거라고 착각을 했다. 뭔가 퇴사가 모든 일에 능사라고 생각하는데 퇴사를 선택한다면 또 다른 새로운 시작이 되고, 그 새로움을 잘 보내는 시기가 있어야 한다. 많은 이들이 퇴사를 하는 이유 중에 사람과의 관계가 1순위다. 사실 나도 직장 내에서 말도 안 되는 일로 꼬투리 잡히기 시작하면서 더는 아니라는 생각으로 그만뒀다.

그런데 퇴사를 한다고 해서 안타까워하고, 아쉬워하는 사람들도 없다는 걸 명심해야 한다. 준비하지 않은 채 회사만 아니면 행복할 거라는 생각은 내 인생을 흔들 수 있는 위험한 생각임을 잊지 말아야 한다. 준비 없이 '퇴사만 하면'이라는 생각으로 프리랜서를 꿈꾼다면 다시 생각해 보는 게 좋다.

둘째, 퇴사하기 전, 내 무기는 만들자.

퇴사를 하면 뭐든 할 수 있고, 다 잘할 수 있을 것 같지만 자기 자신에 대해 모른 채 퇴사를 한다면 낭패를 볼 수 있다. 나를 깨닫는 데 더 많은 시간이 걸리고 무엇을 해야 할지 오히려 더 많은 고민을 하게 될지도 모른다. 퇴사가 아니면 안 되겠다는 생각이 있다면 꼭 나만의 무기, 경쟁력 있는 능력 하나 이상은 만들어 놓자.

하나만 잘해서 되는 사회도 아니지만, 뭘 잘하는지조차 모른 채 그만둔다면 오히려 회사 생활보다 더 힘들어질 수 있다. 프리랜서는 내 능력을 끊임없이 어필하고, 나를 잘 포장해 알릴 줄 알아야 하며 그래야 더 많은 일을 할 수 있다. 회사에서의 경쟁에 지쳐 퇴사를 준비한다면, 프리랜서도 끊임없는 경쟁을 하고 나를 더 많이 개발하고 노력해야 함을 잊지 말자.

셋째, 진짜 홀로서기를 시작했을 때 모든 이가 도움을 주진 않는다.

퇴사를 하면서 많은 이들의 착각이 프리랜서로 자리 잡기 전까지 누군가 도움을 주겠지 하는 생각이다. 하지만 현실은 냉혹하고 아무리 친해도 내 생계까지 책임져 주는 이는 없다. 퇴사와 동시에 프리랜서를 시작한다면 진짜 홀로서기고, 결코 누군가의 도움을 바라서는 안 된다는 걸 잊지 말자.

첫 홀로서기를 제대로 하지 못하면 끝까지 누군가의 도움 없이는 프리랜서 삶을 유지하지 못하는 이들도 꽤 있다. 홀로서기에 대한 두려움이 있는 예비 퇴사자라면, 마음의 준비가 되지 않았고 나 스스로 어느 정도 갖춰진 게 아니라면 다시 생각해보자. 협업은 할 수 있지만, 도움을 바라는 건 프리랜서로 살아가야 하는 우리가 가급적 지양해야 한다는 걸 기억하고 홀로서기를 준비해야 한다.

넷째, 프리랜서는 돈이 없어도 된다?! NO!

프리랜서, 디지털노마드를 꿈꾸는 이들의 잘못된 착각 중에 하나는 돈이 없어도 시작할 수 있고, 단기간에 많은 돈을 벌 수 있다는 점이나. 프리랜서도 엄연한 직업인데, 장소에 얽매이지 않고 시간에 제약이 없다 보니 돈이 없어도 된다는 착각을 한다. 부모님과 함께 생활하고 세끼 모두 집에서 해결하고 나갈 일이 없다 해도 내 능력을 좀 더 개발하고 향상시키기 위해서는 배워야 하는데 돈이 없다면 가능할까? 프리랜서로 자리 잡기까진 최소한 1년을 잡고 천만 원은 있어야 한다고 본다.

프리랜서로 생계를 유지해야 하는 우리가 마음의 여유를 가지고 완전한 홀로서기를 하려면 무자본으로 프리랜서를 시작한다는 건 사실 불가능하다. 프리랜서가 되고 나니 많은 프리랜서들을 알게 되는데 그들과 이야기하면 다들 그런다. 무자본으로 프리랜서를 시작할 수는 없다고. 돈 없이 시작하는 순간 사람은 여유를 잃게 되고 피폐해지게 된다고 말이다. 프리랜서도 직업이고, 독립적으로 혼자 일해도 되는 장점이 있지만, 그 이면엔 끊임없는 노력과 나에 대한 투자가 있음을 알아야 한다.

다섯째, 프리랜서도 여유가 생기기 전까진 많은 시간과 노력이 필요하다.

프리랜서를 시작하기 전에는 회사에서 일을 하며 내가 가진 능력으로 프리랜서를 하면 더 잘될 것 같지만 실상은 나랑 비슷한 사람도 많고, 나보다 뛰어난 사람들은 더 많다. 유럽 생활을 하며 프리랜서 생활을 시작했기에 특별할 줄 알았는데 그건 아니었다. 내가 특별하다고 해도 나를 알리지 않으면 알아주지 않는 게 프리랜서의 삶이고, 이렇게 알린다 해서 바로 나를 알아보고 의뢰를 주는 것도 아니었다. 브랜

딩을 한다는 것 자체가 처음부터 잘된다면 정말 좋겠지만, 나를 브랜딩 하지 않고, 알리지도 않은 채 그렇게 시작한 프리랜서라면 시작부터 어려울 수밖에 없다.

프리랜서를 한다고 해서 바로 할 수 있는 것도 아닌 만큼 충분한 준비가 필요하다. 준비 없이 시작한 일은 진짜 내 일로 만들기까지 더 오랜 시간이 걸리고 때로는 힘들어서 중간에 포기할 수도 있다. 최소한 이 일을 이제 시작하는 사람으로서 최소한의 노력은 필요함을 잊지 말자. 그래야 행복하려고 시작한 프리랜서로 더 행복해질 수 있으니까.

애쓴다고 되는 게 아니더라고요

연애에 울고 웃는 우리는 누가 나에게 적합한 사람인지 모른 채 마음이 이끄는 대로 그렇게 20대의 연애를 했다. 많은 이들이 말한다. 20대엔 연애를 많이 해 봐야 한다고… 그래야 진짜 내 사람을 찾을 수 있다고. 하지만 20대의 내 연애는 뭣도 모르고 그냥 감정이 이끌리는 대로 사람을 만났고, 때론 표현에 적극적이었다가 상대에 따라 맞춰주는 사람이 되기도 했다.

썸만 타다가 끝난 사람, 잠시 결혼까지 생각해 봤던 사람, 내 인생에서 가장 오래 만나 본 사람 등 정말 다양한 사람을 만났다. 20대 연애를 하고, 서른이 되어 연애를 하면서 느낀 건 많이 만난다고 해서 상대를 100% 다 아는 것도 아니고, 오래 만난다고 해서 마냥 행복하고 사랑이 오래갈 거라는 확신이 생기는 건 아니라는 거다. 다만 조금 알겠는 건 나라는 사람이 연애를 할 때 어떤 모습인지와 상대방에게 양보할 수 없는 무언가가 있다는 거다.

인생을 살면서 가장 어려운 게 '사랑'이라고 하는 이도 있는 것처럼 나와 정반대의 삶을 살던 사람과 연애를 하며 그 사람을 이해하고 받아들이기는 쉽지 않다. 나 역시도 그랬다. 서른이 되어 지난날의 연애가 생각날 때면 나도 꽤나 이기적인 아이였구나 하는 생각이 들었다. 날 이해해 주길 바라기도 하고, 나름을 인정하는 게 쉽지 않다 보니 점점 나와 다른 사람보단 비슷한 사람을 찾으려고도 했다. 하지만 분명한 건 나와 비슷하든 다르든 상대를 이해하고 완전히 받아들이는 건 쉽지 않다는 거다.

연애를 하다 보면 어느 순간 비슷한 스타일, 성향의 사람을 만나게 된다. 나 역시도 그랬다. 내가 그렇게 완벽한 자기관리를 하는 건 아니지만, 어느 순간 자기관리를 잘하는 사람들만 만났다. 처음에는 좋았지만 나에게도 똑같은 자기관리를 강요를 하는 그들로 인해 스트레스를 받았고, 내가 아팠던 일들을 끄집어내 이야기하며 건강에 대해 상기시키는 상대로 인해 내 연애의 끝을 보고 말았다. 고맙고 좋지만 이 또한 정도의 차이가 아니었을까 싶다.

연애는 좋게 끝내든 그렇지 않든 다양한 감정과 기억을 동반하게 된다. 20대에 멋모르고 연애를 하고, 다양한 사람들을 만나면서 느낀 건 하나다. 백 번 천 번 연애를 하더라도 매 순간은 떨리고, 모든 연애의 끝은 기분이 좋지 않다. 좋으니까 연애를 했고, 의견이 달라 싸우다가 헤어지고 만나기를 반복하면서 어느 순간 연애의 패턴이라는 게 보였고, 이 패턴마저도 이미 알고 있음에도 설레고 좋아서 만난 게 20대 나의 연애였다. 사실 난 일찍 결혼하지 않으면 아예 하지 않겠다고 말했었다. 남들과 똑같이 평범한 연애를 하고 결혼을 할 것 같았지만 서른이 된 나에게 연애는 이제 어렵게만 느껴졌다.

20대의 연애는 그냥 무작정 만났다면 서른이 되고 보니 하나씩 재기 시작하고, 현실이 보이기 시작했다. 감정이 우선이 아닌 현실이 감정과 함께 공존하며 상대를 바라보기 시작했고, 처음 만난 자리에서 그럴싸해 보이려는 상대의 모습에 호감만 느끼는 게 아니라 그의 실제 모습을 궁금해하기 시작했다. 연애에도 열정이 필요하다는 게 뭔지 이제 조금씩 느끼기 시작했다. 서른이 되고 보니 모든 연애의 시작은 사람만 다르지 다 비슷했고, 어느 순간 상대방과 익숙해지기까지의 어색한 그 시간이 부담으로 느껴지며 연애가 꺼려졌다. 서른이 되고 보니 20대에는 꽤나 상대를 위해 애쓰며 연애를 했었다. 뭘 그렇게 애를 썼을까…. 인연이 아니면 무슨 수를 쓰더라도 헤어지고, 인연이라면 언젠가 다시 만날 텐데 말이다. 그렇게 미친 듯이 평생을 함께하고 싶었던 간절한 사람도 없었으면서, 행복해 보이는 연애를 위해 애를 쓴 내가 서른이 되니 측은했다. 그래서 서른이 된 난 표현에 적극적이고, 상대에게 휘둘리지 않기로 했다. 나로 살기로 한 내가 연애도 내가 중심인 채로 그렇게 말이다.

시간이 지나고, 나이를 먹을수록 사랑이 순수해지길 바라는 건 욕심이다. 20대 연애를 통해 사랑이 어떤 것인지 배웠기에, 서른은 우린 자신이 중심이 되어 좀 더 진지한 사랑을 시작할 때다. 사람에 너무 목말라하지도, 상대에 애쓰며 사랑에 낯선 사람이 되지도 않길….

불완전한 서른이입니다

20대가 지나고 서른이 되어 보니 특별한 것도 없고, 그렇다고 어른이 된 것도 아니었다. 20대에는 서른이 된다고 생각하면 완벽한 어른이 되고, 인생도 새롭게 '짠' 하며 달라질 줄 알았는데 막상 서른이 되어 보니 별거 없이 나이만 먹었을 뿐이었다. 그런데 왜 이렇게 20대에 우린 서른이 되길 두려워하는 걸까? 왜 서른 전에 무언가 이뤄야 하고, 결혼도 해야 한다는 생각을 갖는 걸까? 서른이 뭐길래….

나이를 먹는다는 것은 매년 새해가 돌아와서 한 살 먹는 것일 뿐이다. 서른도 이전과 다를 바 없는데 유독 서른은 큰 의미 부여를 하는 시기 중 하나다. 완벽한 어른도 아니고, 그렇다고 여전히 보호받아야 하는 나이도 아닌 게 바로 '서른'이다. 서른이 되면 20대에 겪었던 경험을 바탕으로 완벽하게 잘 해낼 줄 알았다. 하지만 막상 서른이 되어서도 낯설고 부족해 보일 때가 있고, 어떻게 살아야 할지를 서른에도 걱정한다. 서른이 되면 어떻게 살아야 할지가 명백해질 줄 알았다. 나에게 맞는 완벽한 짝도 찾을 줄 알았고, 잔고 걱정 없이 소비도 하며 살 줄 알았다. 하지만 우리가 서른에 기대를 거는 건 가장 부질없는 행동 중에 하나라고 말하고 싶다.

'서른'에 의미 부여를 하는 순간 서른이 되기 전까지 매 순간이 부담이 되고, 진짜 내가 아니라 누군가에게 어떻게 보일까를 먼저 생각하며 살게 된다. 예전과는 달리 요즘 서른은 어른아이이며, 잘 모르는 나이라고 한다. 누군가의 인생을 책임지며 함께 사는 삶을 선택하는 이도 있겠지만, 나에게 서른은 여전히 내 인생을 책임지고 제대로 나로 살고 싶은 나이다. 내게 서른이 완벽한 어른이 아닌 여전히 부족해 보이는 건, 새로운 시작을 결정한 나이이며 앞으로 벌어질 일들이 나에게 좋을지 나쁠지 모른 채 불안함을 숨긴 채 시작을 한 데서 오는 불만족 때문이지 않았을까. 서른의 삶에 완벽한 방향을 제시하지 않는 것은 모두가 불안한 서른 시절을 보냈기 때문이 아닐까?

20대가 이렇게 살아야겠다며 나를 찾을 시간을 가졌다면, 서른은 이제 진짜 나로 살아볼 결정을 하는 시기라고 생각한다. 그러니 서른을 완벽하게 보내려고 애쓰지 말자. 나의 서른도 시간이 지나 돌이켜 보니 부족함투성이었고, 다시 돌아간다고 해도 100% 만족하는 서른을 살진 못할 것 같으니까 말이다.

부러움을 쫓아가지 말고, 조금은 어설프더라도 부러움을 즐기며 나로 살아볼 용기를 가지는 서른이 되어 보는 건 어떨까 싶다. 서른은 어떻게 살아야 된다고 답을 줄 순 없지만, 서른에 너무 어른이 되려고도 하지 말고, 어설픈 서른 시기에 할 수 있는 걸 해 보며 살아봤으면 한다. 수능시험 끝나고 나도 모르게 시작한 스무 살과는 달리, 30대의 시작이며 나를 맞이할 준비를 할 수 있는 서른엔 부족하지만 스스로를 사랑할 수 있고 품을 수 있는 모습으로 서 있었으면 좋겠다. 30대를 시작하는 '서른'의 내가 되었음을 그리고 20대

의 아픔을 견뎌 오느라 고생한 나 자신을 받아들일 수 있길
바란다.

직장인 K

_____

서른앓이

화려하고 안정적인 인생을 꿈꾸며
20대를 달려왔었는데

20대에 나는 김난도 작가의 "아프니까 청춘이다."라는 말을 정말 좋아했다. 부모의 품을 벗어나 인생 앞에 홀로 선 첫걸음이기에 당연히 아프고 불안한 것이라 생각했다. 아픔도 젊기에 아픈 것이고, 이 또한 열사병처럼 비켜 갈 것이라고 생각했다. 그래서 20대의 실패를 오히려 경험 삼아 인생의 숙제라고 생각하며 즐겼던 것 같다.

30대가 된 지금의 나는 그 메시지를 그다지 좋아하지 않는다. 왜냐하면 어느 날 바라본 나의 30대 모습은 내가 바라지 않았던 매우 초라한 모습이었기 때문이다. 퇴근 후 한강의 야경을 내려다보며 아메리카노 한잔으로 하루를 마무리

하는 모습을 꿈꿨으나 현실은 카드값에 흠칫 놀라고, 잘 차려진 캐주얼 슈트를 입고 프로페셔널한 모습으로 일하고 있는 커리어우먼을 꿈꿨으나 현실은 하루 종일 앉아 있기 쉬운 고무줄 위주로 옷을 골라 입는다. 직장 내에서 인정받으며 승승장구하는 모습을 꿈꿨으나 현실은 업무 실적을 상사에게 퍼 나르는 비둘기 역할, 그리고 누군가와 결혼해서 알콩달콩 살고 있는 모습을 상상했으나 결혼은커녕 나 혼자 벌어서 나 혼자 다 쓰며 마치 내일이 없는 것 같은 욜로족의 삶. 인생은 즐거우나 불안한 미래. 서른은 이런 삶인가 싶다.

20대에는 백마 탄 왕자님을 만나 특별한 인생을 꿈꿨다면, 30대는 남들 사는 만큼 평범하게라도 살자고 다독이게 된다. 점점 현실적으로 변해가는 건데 그게 참 서글퍼진다. 그리고 이럴 때일수록 유독 남들의 행복이 눈에 잘 들어온다. SNS를 보면 나 빼고 왜들 그렇게 잘 먹고 잘 사는지. 나는 당장에 아주 작고 귀여운 월급으로 밀린 카드값을 갚아 나가기 위해 바쁜데 지인들은 좋은 외제차에 잦은 해외여행, 호캉스, 명품, 맛스타그램, 행복한 삶… 우울감이 클수록 SNS는 멀리해야 한다는 걸 알고 있지만 그냥 자꾸 보인다, 타인의 행복한 삶이. 그러면서도 내 불행만 보게 되면 살아지지 않기에 가끔은 나와 비슷한 처지에 있는 친구들을 보며 조금이나마 위안을 받으며 살아가고 있다. 나만 힘든 게 아니라고 스스로를 다독이면서.

화려하고 안정적인 인생을 꿈꾸며 열심히 20대를 달려왔었는데, 이제 막 주변을 둘러볼 여유가 생긴 지금 나에게 보이는 건 작고 귀여운 내 월급과 알이 꽉 찬 내 나이. "씁쓸한 인생, 나만 이런 건 아니죠…?"

나이를 먹을수록 혼자가 되어 가는 나의 생일

누구나 그렇듯 20대의 생일은 매우 화려하다. 자정이 넘는 순간부터 축하 카톡을 시작으로 밤늦게까지 답장을 하고, 생일 날짜 전후로 스케줄을 꽉꽉 채워 생일 파티를 하고는 한다. 친구들이 있기에 외로움을 잘 몰랐던 그 시절. 언제나 영원할 줄 알았던 친구들은 서른에 접어들면 한두 명씩 슬슬 결혼을 하기 시작한다. 그래도 아이가 없을 땐 자주 볼 수 있지만 아이를 낳고, 육아를 시작하는 시점부터는 만나기도 어렵고 설령 만난다고 하더라도 집에 있는 아이 생각에 아가씨 때처럼 밤늦게까지 놀 수도 없는 상황이다. 그래서 메신저를 통해 축하 인사를 하는 것이 전부가 될 때가 많다. 그나마 미혼으로 남은 친구들과 술 한 잔 기울이며 조용한 생일 파티를 하는데 이 친구들조차 결혼을 한다면 나는 혼자 남을 거란 생각에 아차 싶다.

물론 결혼이 인생의 목표는 아니다. 다만 20대를 함께했던 많은 친구들이 자신에게 맞는 인생의 반려자를 찾아가게 되면서 친정 식구, 시댁 식구 행사에 더 많이 참여하게 될 것이고 미혼으로 남아 있는 친구까지 챙길 여력이 없어진다. 그렇게 한 해, 두 해 가고 "비혼주의 뭐 어때?"라고 생각했던 나조차도 주변 친구들이 가정으로 돌아가는 것을 보면서 왜 어른들이 결혼은 해도 후회, 안 해도 후회이니 가라고 하셨는지 조금은 이해가 된다. 그러나 내 인생에 한 번 뿐인 대소사를 단순히 시간에 쫓겨, 나이에 밀려 다른 사람들이 한다고 허겁지겁 하게 된다면 안 하는 것보다 못한 삶을 살 수 있기 때문에 급하게 할 수는 없다.

요즘은 조금 변화하고 있는 것 같기는 하나 아직까지 대한민국에서 결혼은 당연히 해야 하는 것이고, 아기도 당연히 낳아야 한다는 문화가 자리 잡고 있다. 왜 사랑하는지 안 하는지도 모르는 사람과 사회적 분위기에 휩쓸려 평생을 살아야 하는가? 내가 생각하는 배우자의 기준은 인생에 모진 풍파가 왔을 때도 함께 감당할 수 있을 정도로 사랑하고, 게걸스럽게 먹는 모습조차도 귀엽게 보일 수 있는, 모든 찰나의 모습을 애정으로 감쌀 수 있는 사람일 때, 그 사람과 결혼을 해야 한다고 생각한다. 그런 사람이 나타나지 않는다면 혼자 살 수 있는 능력을 키워 사람이 아쉽지 않은 인생을 만들든가.

결혼은 반드시 해야만 하는 '필수'가 아닌 '선택'입니다. 제발 나이에 쫓겨, 그저 남들이 하니깐 따라가는 인생을 택하지 마세요 오히려 결혼을 했는데도 불구하고 더 외로운 인생을 살 수 있답니다.

현대판 슬기로운 직장 생활 TIP

　　　　　　직장 생활 3년 차만 되어도 반은 능구렁이
가 되어 있다. 예를 들어 신입사원 시절, 동료가 나에게 호의
를 베풀었을 땐 "아, 이 사람이 나를 도와주려고 하는구나."
라고 순수하게 받아들였다면, 연차가 쌓일수록 타인의 호의
에 대해 합리적인 의심을 하게 된다. "킁킁, 무슨 꿍꿍이가
있길래 나에게 호의를 베풀지?"

　인터넷에 널리 퍼진 '직장생활 10계명'을 보면 요즘 트렌
드에는 맞지 않는다. 불만이 있어도 꼭 참고 묵묵히 일을 하
면 나에게 기회가 온다나 뭐라나. 요즘은 자기 PR 시대이기
때문에 직장 내에서 묵묵히 일만 해서는 아무도 알아주지 않

는다. 과거판 '직장생활 10계명'에서 벗어나, 내가 직접 경험하고 느꼈던 현대판 '직장생활 10계명'을 몇 개 추려서 이야기해보겠다.

첫째, 동료에 대해 뒷말하지 말자.

"직장 동료를 믿을 바에 옆집 개를 믿어라."라고 했다. 그렇다. 내가 믿고 비밀을 공유한 동료가 영원히 함구해줄 것 같지만 결국 그 소문은 돌고 돌아 회사 내에서 청소를 해주시는 아주머니에게까지도 퍼진다. 직장은 사람이 많은 곳이기 때문에 사람에게 받는 스트레스를 이해 못하는 것은 아니지만 내가 놀린 세 치 혀는 결국 화살이 되어 나에게 날아오게 되어 있다. 설령 다른 동료가 험담을 시작했더라도 절대 맞장구치지 말고 대화의 주제를 돌려야 한다.

둘째, 적을 만들지 말자.

내가 적을 안 만들려고 해도 직장 생활을 하다 보면 적은 꼭 하나씩 생기게 되어 있다. 사회생활을 하다 보면 아무리 미움을 안 받으려고 노력해도 누군가 하나는 나를 미워하게 되어 있다. 굳이 적을 만들지 않기 위해 나를 좋아하지도 않는 사람에게 마음 주고 노력하지 말고, 그렇게 살게 내버려 두는 게 정신 건강에 좋다. 나를 싫어하는 사람은 수천 가지 이유를 만들어서라도 나를 싫어하게 되어 있다. 상처받지 말고, 휘둘리지 말고, 나도 그를 싫어하는 이유를 수천 가지 만들자.

셋째, 불만이 있어도 꾹 참아라.

"불만 가지지 않고 묵묵히 일하는 자에게는 복이 따르리, 인정을 받으리."라는 말을 누가 남겼는지 개인적으로 찾고 싶다. 우는 아이에게 떡 하나 더 준다고 직장도 똑같다. 말 많고 자기 생각, 자기 불만을 PR할 줄 아는 자는 직장 생활이 편안해진다. 반면 그런 사람들이 편안해지기까지 말없이 묵묵히 일했던 사람들의 희생 또한 따른다. 기성세대가 직장 생활을 했을 때는 어땠는지 모르겠으나, 2020년을 살아가는 사람들에게는 다르게 적용된다. "90년생이 온다."라는 말이 괜히 생기겠는가?

넷째, 지나친 욕심은 금물.

직장에서 일 욕심? 승진 욕심? 사람이라면 당연히 두 가지 욕심이 생길 수밖에 없을 것이다. 그러나 지나친 욕심을 부리게 되면 회사에서는 이방인 취급을 당할 수 있다. 물론 능력 있고 정말 일을 잘하는 사람이 그러면 무서운 사람, 경계의 대상이 되지만, 일도 못하고 능력도 없는데 욕심만 부린다면 말 그대로 욕심쟁이로 불릴 수가 있다. 지나친 욕심은 회사 생활에서 화를 부른다. 가끔 직장인들 중에 "난 회사에 아무 욕심도 없고 미련도 없어."라고 하는 사람을 보았을 것이다. 그 사람은 정말 욕심이 없어서가 아니라 이렇게 말하고 이렇게 살아야 회사 생활이 편한 것을 아는, 직장인에 최적화된 만능 회사원이 아닐까 싶다.

다섯째, 일을 스스로 찾아서 하라.

일을 스스로 찾아서 할 경우 윗사람이 잘한다고 칭찬할 것 같은가? 물론 칭찬을 해주고 격려해주는 좋은 상사도 있긴 있다. 하지만 대다수 상사들은 일을 스스로 찾아서 열심히 하는 후배를 우쭈쭈 해주며 용기를 북돋아 주기는커녕, 성장한 후배에게 본인의 일을 추가로 떠넘기기 바쁠 것이다. 스스로 일을 만들어 자기 자신을 힘들게 하지 말라는 것이 나의 조언이다.

여섯째, 많이 웃고 인사를 잘해라.

웃는 얼굴에 침 못 뱉는다는 말 때문에 나온 이야기 같은데 직장에서는 웃는 얼굴에도 침을 뱉는다. 타인에게 친절하되, 어느 정도 적정선을 지켜야 쉬운 사람으로 보이지 않는다. 누군가에게 친절해 보이기 위해 행동을 해도 직장 사람들은 오히려 아, 저 사람은 일을 시켜도 다 할 것 같은 사람, 만만한 사람이라고 생각해버린다. 묵묵히 자기 일을 열심히 하면 능력 있는 사람으로 대우를 해줘야 하는데 직장은 그렇지 않다. 회사에서 인정받고 만만한 사람이 되지 않으려면 약간 싸가지는 없더라도, 친절함과는 적당한 거리를 두어야 한다.

인사를 했더니, 뒤에서 아부한다고 수군대더라.
할 말을 했더니, 네가지 없다고 뒤에서 쑥덕대더라.
좋은 소식을 알렸더니 뒤에서 잘근 씹어대더라.
나쁜 소식을 알렸더니 동지가 되더라.

<이것이 사회생활>

30대 소개팅 단골 질문 BEST 3

        요즘 소개팅을 나가면 남자들 단골 질문 중에 하나가 "아이를 낳고 나서도 직장 생활을 할 계획이 있으신가요?"이다. 시대가 변했다 보니 여자의 경제활동을 당연시하는 깃이 현실이고, 나도 이해할 수밖에 없다.

특히 현재 30대들의 경우 2008년 세계적 금융 위기인 '서브프라임 모기지 사태'를 겪은 세대들이다. 그 어느 때보다 힘겨운 취업 전쟁을 겪었고, 이제는 코로나19 때문에 더 어려워진 현실과 싸우고 있다. 여자만 남자의 경제력을 따지는 시대는 이제 지났다. 남자라고 취집을 꿈꾸지 말라는 법은 없지 않은가?

사실 나도 몇 년 전까지는 저런 질문을 하는 남자들을 만나고 오는 날이면 소금 한 바가지를 퍼 주지 못한 게 한이라며 친구들에게 엄청 욕을 했다. 왜 사람 자체를 봐 주지 않고 자로 재듯이 재고 만나냐고. 그러던 내가 나이를 먹고 너그러워져서인지, 아니면 힘든 사회생활을 겪으며 공감 능력이 높아져서인지 이유는 모르겠지만 변하게 됐다. 다만 한 가지는 알 것 같다. 서른의 사랑에 20대의 순수함은 없다고.

소개팅 남녀 단골 질문 BEST 3

〈20대〉

3위: 마지막 연애는 언제인가요?

2위: 주말에는 주로 뭐 하세요?

1위: 이상형이 어떻게 되세요?

〈30대〉

3위: 연봉이 어떻게 되세요?

2위: 부모님은 무슨 일 하세요? 노후는 준비되어 있나요?

1위: 결혼하고, 출산 후에 직장 생활 계획 있으신가요?

매몰비용 생각하다 인생도 매몰돼요

　　　　　　　나이를 한 살 한 살 먹을수록 커져가는 게 바로 걱정이다. 20대에는 앞뒤 생각하지 않고 일단 저질러 보자라는 마인드였던 반면, 30대에는 20대의 경험을 축적으로 실패했을 때 본인이 느낄 수 있는 상실감을 이미 경험을 통해 알고 있다 보니 모든 일에 걱정이 앞선다. 걱정이 많다는 것은 어찌 보면 겁이 많아졌다는 뜻일지도 모르겠다.

　어릴 때 나는 한 번 목표가 생기면 앞뒤 돌아보지 않고 일단 올인하는 타입이었다. 설령 실패를 한다고 하더라도 인생은 길기 때문에 실패를 상쇄할 기회가 있을 거라고. 참 웃긴 것은 20대에서 30대로 넘어가는 구간이 어찌 보면 인생을 통틀어 되게 짧은 시간인데 그 시간은 나를 참 많이 변화하게 했다. 인생이 길기 때문에 실패도 할 수 있다고 생각했던 내가, 앞으로 살아갈 날이 많은데 모험을 하지 말자는 마인드로 바뀌었으니 말이다. 모든 일에 있어서 걱정만 많아지다 보니, 20대에는 목표에 도전을 할 때 "아~ 이건 다 기회비용이지!"라고 당당하게 외쳤던 내가 이제 와서는 "그냥 매몰비용이 될 돈으로 차라리 밥 한 끼를 더 사 먹고, 커피 한 잔 더 사 먹겠다."라며 구시렁대고 있다.

미리 실패에 대해 스스로 판단하고 도전조차 하지 않다 보니, 남들 발전할 때 나는 여전히 제자리걸음. 이렇게 모험을 기피하는 내가, 도전을 통해 인생의 성공을 쟁취한 이들의 삶을 보면서 부러워할 자격이 있을까 하는 생각이 들었다. 또한 아이러니하게도 고가의 명품 가방이나 시계는 쉽게 구매하면서 자기계발이나 도서 구입에는 이상하게 돈을 아끼게 된다. 아마도 실패를 염두에 두고 있기 때문에 당연히 매몰비용이라고 생각한 게 아닐까 싶다.

이렇게 살다가 내 인생은 발전도 없이 언젠가 매몰될 것 같은 생각이 들어 난 올해가 시작되자마자 나를 위한 투자로 공인중개사 동차합격반 강좌를 끊었다. 결과는 어떻게 되었냐고? 당연히 2개월 바짝 열심히 하고 관뒀다. 내가 그렇게도 극혐했던 매몰비용 100만 원을 날린 셈이다. 나는 공인중개사 도전이 공중분해 되어 버린 것에 굴하지 않고, 이번에는 바디 프로필 촬영에 도전하기 위해 PT를 시작했다. 그러면서 책도 쓰고. 무언가 나를 위해 끊임없이 도전하다 보니 조금씩 소기의 성과들이 나타나고 있다. 시작하기도 전에 실패할까 봐 일어나지도 않을 일에 대해 걱정하는 것은 인생의 낭비이며, 본인을 우울하게 만들 것이다.

걱정이 많아지게 되면 그 걱정은 수많은 알고리즘으로 이어져 수십 개의 걱정을 또 만들어내고, 결국 나를 우울하게 만들어요. 그리고 그 우울함은 결국 나를 집어삼키게 되죠.

I MY ME MINE

What이 아니라 how를 봅니다

내가 무엇을 이뤄 내느냐보다 내가 어떻게 인생을 바라보고 내가 어떻게 일과 삶을 이끌어 나가느냐가 중요하다는 것을 30대가 되어서야 깨달았다. 내 삶의 좌표를 설정할 때 중요한 것은 사회적 기준과 잣대가 아니라 내 삶을 바라보는 태도와 성품이라는 것을 알게 된 것이다. 20대에는 그저 내게 맞는 직업이 무얼까 찾기 바빴고, 사회에서 만난 사람들과의 관계가 롤러코스터 같았고, 사회 규범과 약속 아래 내 삶을 영위하기가 버거웠지만 30대에는 불안했던 사회에서의 모든 고민과 관계를 어느 정도 유연하게 대처할 만한 나만의 매뉴얼과 요령이 생겼다.

문제는 그렇게 바뀌었으면 인생이 즐거워야 하는데 즐겁지가 않았다. 매 순간 시간의 굴레 아래 나는 왜 늘 고통을 받는 느낌일까… 그건 바로 내가 나 자신을 바로 알지 못하기 때문이었다. 열심히 달리고 있지만, 하루를 마치고 집에 돌아오면 느끼는 공허함, 반복되는 일상 속에서 에너지의 채움 없이 고갈만 계속되다 보니 일도 연애도 사람들과의 관계도 열심히 행한다 한들 둥둥 떠다니는 듯 만족 없는 삶이었다.

　정답을 알지 못한 채 목적 없이 열심히 해 온 지난 몇 년. 내게 홍역같이 찾아온 인생의 크나큰 슬럼프를 겪은 지난 2019년도. 어쩌면 당연히 왔어야 했지만 너무 늦게 찾아온 슬럼프였는지도 모른다. 켜켜이 쌓아 왔던 고통의 굴레에서 벗어나고자 당장 내가 해 왔던 모든 수업을 그만뒀다. 표면적 이유는 건강의 악화였지만 무엇보다 큰 원인은 바로 '가장 잘 알아야 할 나 자신의 문제가 뭔지 알지 못했던 것'이었다. 앞으로 나아가고자 하는 이유와 나에 대한 확신이 없다 보니 일을 하면서도 잡념이 많았고 불안했다. 지금 생각해보면 꽤 열심히 살았지만 스스로에 대한 확신이 없다는 게 제일 컸던 것 같다.

일도 연애도 사람들과의 관계도 잘 해오고 나름 잘 지켜
내고 있었지만 내 생각과 감정을 잘 살피지는 못했었다. 워
낙 사람들 만나는 것을 중요하게 생각했던 터라 모든 출발선
을 나 자신 외의 것들로 전부 채우려 했고 그럴수록 집에 돌
아오면 공허함이 두 배 세 배 네 배 더 커졌다. 결국 문제를
해결할 사람은 바로 나였는데 말이다.

그래서 지난해는 슬럼프가 대거 찾아왔다. 더는 체하지
않기 위해 모든 걸 내려놓고 인생에 정해진 기준과 잣대에
내 인생을 우선순위로 할 것이 아니라 모든 출발선을 '나'로
두며 살기로 했다. 가치 판단의 기준을 외부로부터 자꾸 찾
으려고 하다 보니 나의 가치가 떨어지고 있음을 느꼈다. 사
람들은 보이는 나의 모습만 보고 판단한다. 사람들은 남의
문제에 크게 관심이 없다. 다른 사람들에게 위로를 받고자
했으며, 내 공허함의 모든 책임도 외부로 돌리려 했던 것은
결국 내 책임이 큰 것 아닐까.

30대가 되어서야 인생의 출발과 진행은 바로 '나'로 시작
되어 '나'로 끝나야 함을 알게 되었다. 고통을 통해 깨닫는 건

말 그대로 고통스럽지만, 그 깨달음을 통해 새로운 시간을 살아간다는 건 희열이 상당하다. 지금이라도 알게 되어서 나는 나의 지나간 고통의 시간에 감사하다. 참 다행이다. 원인 불문, 이유 불문 그런데도 난 운 좋은 사람이다. 무엇을 생각하고 무엇을 이뤄나갈 것인지에 포커스를 맞추는 것이 아니라 어떻게 살아갈지에 대해 끊임없는 고민을 해야 할 출발 시점이 '나'부터임을 인지하며 살아간다는 것, 나를 알아가는 일이 세상에서 가장 어렵고도 가장 가치 있는 일임을 알게 됐다.

똑같이 불완전할 수 있지만 지나간 날의 나보다 나를 찾게 된 지금의 내가 좋다. 누구보다 가장 나를 잘 아는 사람은 내가 되었다. 인생은 결국 나를 알아가는 과정이라 했다. What을 보며 살아오다가 how를 고민하며 살아가게 됐다. 선택은 훨씬 가벼웠고 고민의 질과 양이 달라졌다.

가장 이로운 시간은 주변에 아무도 없는 시간

삶에 있어 가장 중요한 지표는 나와의 시간을 잘 보낼 수 있느냐 없느냐 하는 문제인 것 같다. 혼자 있는 시간은 외로운 시간이라 생각했던 나였다. 하지만 30대가 되어 보니 20내와는 달리 만날 수 있는 친구나 시간이 한정적으로 바뀌게 되었다. 아무래도 결혼을 한 친구도 있고 바쁜 직장 생활로 약속 맞추기가 꽤 어려워졌기 때문이다. 또한 너도나도 이제 더는 밖에서 사람들과 보내는 시간을 우선시하지 않는다. 뭐 처음엔 내 의도보다도 자연스레 상황이 그렇게 되다 보니 혼자 있게 된 것이었지만 30대의 나는 닥쳐온 그 상황을 외롭다고 느끼지 않았고 나 혼자 무얼 하며 시간을 보낼까 생각하면 여전히 재밌고 할 일이 무궁무진하게 느껴진다.

물론 아직도 사람들과 만나서 수다 떨고 좋은 음식 먹고 좋은 곳에 가는 것도 꽤 좋아한다. 하지만 20대의 열정과는 달리 30대의 열정은 한정적이고 20대보다 체력도 많이 부족할 뿐더러 쉴 수 있는 시간이 많이 없기 때문에 주어진 이 소중한 시간을 어떻게 보낼지 선택의 우선순위를 늘 고민하게 된다. 그리고 20대와 달리 30대는 남보다 나를 생각하는 나를 발견한다. 그 무엇보다 둘도 없는 내 시간이 소중하다는 걸 깨닫게 되는 그런 나이… 가장 이로운 시간이 주변에 아무도 없는 시간… 왜 그럴까.

혼자서 시간을 보내며 나를 채워 가는 시간이 없을 때는 온전치 못한 나 자신 때문에 어떠한 상황이건 늘 흔들렸었다. 내가 없기에 남들의 이목에, 남들의 말에, 남들의 행동에 상처받기 일쑤였다. 그렇게 무한히 흔들리면서 나는 알 수 없는 좌절감을 맛보았다. 이유도 모른 채. 그렇다고 누굴 탓할까? 그 누구의 잘못도 아닌, 내가 온전치 못함은 다람쥐 쳇바퀴 돌아가듯 무한정 반복될 뿐.

무엇이든 혼자 해 보자. 혼자 있는 것에 익숙한 사람이라면 물론, 이미 자신이 무얼 좋아하는지 무얼 싫어하는지 무얼 하며 제일 온전해지는지 알겠지만, 모르는 사람이라면 단한 번이라도 하루를 온전히 나를 위한 시간으로 채워보자. 하루는 길다. 그리고 오늘 하루는 어제도 내일도 아닌 단 하나뿐인 하루이다. 훗날 떠올릴 때 그 순간 참 좋았지 하고 생각할 수 있을 만큼 나에게 가장 소중한 시간을 채워줄 사람은 바로 나이다. 그렇게 오롯이 나만이 할 수 있는 순간을 채워 나가다 보면 어떠한 일이 와도 나 자신을 가장 잘 믿어줄 사람은 '나'임을 느끼게 될 것이다. 응원한다, 당신의 30대를.

나를 위하지 않는 사람은
냉정한 마음의 칼로 깔끔하게 정리해보기

사람들을 만나 보면, 유난히 빛나는 사람이 있다. 무슨 차이일까. 왜 나보다 저 사람이 더 빛나 보일까. 자격지심에 휩싸인 적이 있다. 정답은 알지 못한 채. 그저 내가 부족해서, 잘 알지 못해서라 생각하며 살았다. 그러다 보니 자신감은 더 떨어졌고, 알 수 없는 패배감에 모든 일을 부정적으로 바라보게 되었다.

내가 부족하니까, 내가 못하니까. 차이는 하나였다. 사람과 사람 사이에 누가 더 낫고 잘나고의 문제가 아니었다. 바로 중심이었다. 나를 있는 그대로, 나의 부족함도 그대로 거리낌 없이 보여줄 수 있는 것. 보기보다 사람들은 상대의 부족함을 홍보기보단, 있는 그대로의 모습을 보여준다고 생각하고 이를 인정한다. 자존감이란, 잘난 부분을 내세우는 것이 아닌 있는 그대로의 나를 내가 인정하는 것에서 시작된다.

20대 후반에 한 사람과 연애를 했을 당시, 헤어짐이 너무 힘들었던 기억이 있다. 난 왜 힘들어했을까. 있는 그대로 헤어짐을 받아들이면 됐었지만 내 진실한 마음보다 상대가 나에게 뭔가 마음을 다하지 못했다는 생각에 배신감과 아쉬움이 컸고, 있는 그대로 인정하기 싫었다. 결과를 받아들이기보다는 그저 크나큰 아픔에 견딜 수 없어 친구의 추천으로 지푸라기라도 잡는 심정으로 심리 상담 선생님을 찾아갔다.

하지만 선생님은 명쾌한 정답을 주진 않으셨고 그저 질문하셨다. "그래서 그때 기분이 어땠어요?", "왜 그랬던 거 같아요?", "왜 그런 기분이 들었을까요?" 제3자의 입장에서 그저 단순히 궁금해서 물어보시는 게 아니었다. 선생님 질문을 통해 객관적으로 관계 속에서 벌어진 일들에 대해 나 스스로가 질문을 하고 답을 내려야 할 결정을 내가 하지 못했기 때문이란 걸 오랜 시간이 지나서야 서서히 받아들이게 되었다.

관계에서 자존감이 높고 안 높고의 차이가 얼마나 중요한지 알게 된 순간이었다.

만약 내가 자존감이 높은 상태에서 연애를 했더라면, 사랑하는 사람의 행동을 이겨내야 할 것으로 보지 않고 그저 선택사항일 뿐이란 점을 인지할 수 있었을 것이다. 단지 내가 좋아하고 상대방이 좋아해 준다는 이유 하나만으로 어떻게 상대의 마음이 백 프로 내 마음과 같다 확신할 수 있을까. 그저 진부하다고 생각했던 '믿음'과 '배려'라는 단어가 스멀스멀 떠올랐고 그 모든 일에 내 자존감이 정말 중요한 것임을 알게 되었다.

연애에 있어 문제의 본질을 찾고 둘 중 단 한 명이라도 확신이 없다면 맺고 끊음을 정확히 해야 했지만 그러지 못했다. 30대가 되었으며 내 부모님께 누군가를 처음으로 인사 시켰다는 이유만으로 둘만의 관계에 확신이 있고 없고를 떠나 부족한 이 관계를 바꿔 나가고만 싶었다. 그것도 일방적으로. 홀로 착각 속에 대단한 의미 부여를 해 왔던 것이다. 책에서 이런 글을 우연히 접한다. 그 사람과의 만남을 처음부터 끝까지 돌이켜 봤을 때 어느 시점부터 모든 일이 다 뒤엉켜 안 풀리는 것 같다 싶으면 그건 꽤나 잘못 연애하고 있는 것이라고.

연애를 끝낸 후, 작고 미세한 부분이라도 나와 맞지 않는다면 크게 상실하거나 다름에 대해 상처받고 억울할 필요가 전혀 없음을 알게 되었다. 그런 의미에서 매 순간 나 자신을 어루만질 수 있는 건 참 중요하다. 어떠한 일이든 삶은 내 뜻대로 되지 않는다. 20대에는 그럭저럭 일과 사랑이 처음인지라 제대로 바라볼 수 없었더라면 30대는 처음이 아니기에 비교의 순간이 찾아온다. 그럴 때마다 좌절하지 않고 내 삶을 인정할 수 있으려면 가장 사랑하는 사람은 나 자신이 되어야 한다. 쓰다듬음은 결국 '그럴 수도 있다', '그런데도 불구하고'의 출발선이며 자존감과 연결된다.

가치 있는 사람으로서 가치 있는 삶을 살아가고자 한다면 그 어느 누구도 주의 깊게 들을 수 없는 내 숨소리까지도 나 자신이 인지할 수 있어야 한다. 인생은 보이는 것보다 보이지 않는 내 내면의 찰나에 집중할 수 있어야 비로소 그 중심이 강해지고 아름다워질 수 있다.

가끔은 세상의 중심 밖으로 나와 볼 용기

어릴 적 아버지께서 지구본을 사주셨는데 그때의 기억으로 무척 크고 나라별 색상도 알록달록했고 적도에 불이 들어와서 늘 보고 또 봐도 호기심을 가득하게 만들었다. 어린 나는 지구본을 보며 이런 나라가 있구나, 이 나라는 이런 기후구나, 이런 문화구나 알고 익히기 바빴었다. 지금은 한 지구 아래 나라별로 문화도 가치관도 사고방식도 정말 다르지만 어떻게 세계 명작 소설이나 영화는 모든 지구인들에게 (포인트는 개개인마다 조금씩 다를 수 있지만) 공감을 사고 감동을 끌어낼 수 있을까. 대단하고 신기하다.

사람의 감정과 생각에 사전처럼 정의된, 정리된 인간의

명작이랄까. 20대에는 고리타분하고 딱딱하고 왜 '명작'이라는 단어가 붙을까 도통 집중하거나 이해할 수 없다 생각이 들었던 작품들이 30대에는 보고 또 보면서 가장 단순하고 딱딱할 수 있는 진부한 진리를 통해 잠시 어질러진 마음을 정리해보곤 한다. 10대에서 앞자리가 2로 바뀌었을 땐 더는 부모님의 울타리에 묶여 있지 않고 스스로 선택하고 결정할 수 있다는 것 자체에서 오는 쾌감, 해방감이 컸다. 내 인생에 대한 고찰을 하거나 방향성에 대해 심오한 고민도 결정도 없었다. 그러다가 30대에 들어서 보니 잘 산다는 건 그저 날 위한 책임도 있지만 날 낳아 주시고 길러 주신 부모님에 대한 감사의 보답이기도 하더라.

부모님의 얼굴은 곧 나였다.
부모님은 한평생 당신들의 청춘을 우리에게 바쳤다.
그 희생을 우리가 절대 무시해선 안 된다.
충분히 사랑받고 있음에 감사하며
우리 자신들을 절대 잃지 않으며 살아야 한다.

그래서 택한 건 내가 할 수 있는 일을 잘하는 것도 있지만,

내가 해 보지 않은 공간을 찾아 나서는 것이다. 평소 가 보지 않았던 장소를 가거나, 시도해 보지 않았던 스포츠를 접하거나, 가깝든 멀든 혼자 여행을 가 보는 것들의 시도. 당장 해야 할 것들을 잠시 멈추고 홀로 떠나는 이 모든 것들은 과거도 미래도 아닌 현재의 나에게 집중하는 데 최고 좋은 시간이 되어준다. 기쁨도 슬픔도 외로움도 절망도 용기도 불어넣어 줄 사람은 바로 나이다. 그렇기에 모든 경험을 다양한 사람들과 굳이 다 같이 할 필요가 없다. 무조건 혼자 하라는 건아니지만 적어도 혼자만의 시간을 많이 갖게 되면 사람과 사물을 바라보는 시각이 조금은 여유로워진다.

나의 가치를 내가 높이고 내 가치 방향대로 살아가기 위해, 그 무엇이 되었든 나를 잃지 않도록 할 수 있는 용기는 다 내어보고 싶어졌다. 나약한 인간으로서 늘 부족함을 인내하며 살아가는 것이 아니라 넘어지고 또 넘어져도 다시 한 번 더 일어나 볼 수 있는 용기의 힘을 나로부터 찾기 위해 그 어떠한 것도 나의 힘으로 해 보는 거다. 그리고 그런 나를 알아볼 사람이 이성이든 동성이든 단 한 명이라도 있다면 난 참행복한 거다.

말을 뱉는 것보다 삼키는 게 좋아졌어

"라떼는 말이야"는 요새 유행하는 말이다. 소위 말하는 '꼰대'가 되지 않는 게 참 중요하더라. 5개월의 쉼을 끝내고 다시 같은 직장으로 출근해 20대 초중반 강사들과 어깨를 나란히 하며 복귀하게 되었다. '그래도 나는 경력이 있는데….' 하는 생각이 시작점이 되어 복귀한 나와는 다르게 수업이 줄줄이 찬 강사들을 보며 없던 조급함이 생겼다.

'복귀하면 모든 수업이 다시 제자리일 줄 알았는데 아니었네.', '쉬기로 마음먹었던 게 짧은 생각이었나.' 등 답답한 생각들에 사로잡혀 또다시 우울해졌다. 슬럼프를 극복하고자 5개월의 공백을 선택할 수밖에 없었지만, 다시 흔들리는 날 보며 '변하고자 다짐한 생각과 마음은 어디로 사라진 거지? 이러려고 쉰 거 아니잖아?' 하는 자책도 들었고 '괜히 쉬었나?' 하는 후회도 물밀 듯 찾아왔다.

참 순간순간이 선택과 책임의 연속이다. 삶은 매 순간 나에게 과제를 던져준다. 그렇지만 지난해처럼 그 과제를 회피하거나 나 자신을 자책하거나 비난하고 합리화하기에 급급하고 싶지 않았다. 쉬는 동안 다짐했던 나의 정화된 마음을 어떻게든 적립해보고 그렇게 한 단계 새롭게 나아가고 싶었다.

'뭘 위해 일하는 거지? 날 위해 하는 거잖아?' 경력이 많고 적고를 떠나 서로 인생의 속도와 방향이 다른데 왜 나와 저들을 같은 선에 두고 비교를 하려 들지? 다시 나의 수업을 반겨주고 찾아주는 이들이 한 분이라도 존재한다는 것 자체로, 그리고 환영받으며 복귀할 수 있음은 감사해야 할 일이잖아? 내 경력이 최고인 것처럼 남을 탓하거나 남과 비교하기 이전에 내가 선택했기에 모든 일은 나에게도 책임이 있음을 직시해야 한다.

'좀 넘어졌으면 어때. 좀 쉬고 와서 주춤거리면 어때. 내겐 지난 과거보다 앞으로가 중요한걸. 천천히 다시 가 보자.'라고 차분히 되새기며 숨을 좀 돌려 보니 그때부터 모든 일에 남은 없었다. 세상의 모든 가치 있는 일에 단정 짓는 것이 얼마나 경솔한지 알게 되었다. 내 말이 맞는다 생각하는 부분보다 내 말이 틀릴 수 있다고 생각하는 부분이 많다는 걸 알게 되는 30대. 특히 직장에서 제일 낮은 후임으로 일을 해 오다가 막상 내가 선임이 되고 미래의 대표직을 바라보게 되자 내가 아니라고 생각했던 말들이 사실은 맞는 말들이었음을 알게 된다. 그러다 보니 삶을 바라보는 태도는 자연스레, 말을 앞세우기보단 경청의 자세를 취할 필요성을 느낀다. 내말과 내 생각도, 틀릴 수 있음을 받아들이기.

멋질 필요 전혀 없는 버킷 리스트

버킷 리스트를 왜 정해야 할까? 나이가 들수록 체감하는 삶의 속도는 너무 빠르다. 시간은 분명 똑같이 흐르는데 말이다. 나이가 들수록 반복되는 일상에 반응하는 감정을 스스로 당연히 여기며 생략하기 때문 아닐까? 그러기에 우리는 감흥을 느낄 수 있는 삶을 살아가고자 버킷을 정하는 것이 아닐는지. 남들이 하지 못하는, 기이한, 특이한, 매번 할 수 없는 버킷을 정하는 것보다 작은 것 하나라도 일상에 보탬이 될 만한 소중한 에너지를 느낄 수 있다면 모든 버킷은 소중하다 생각했다.

일상은 늘 소중하니까. 그 일상을 인지하며 사는 삶이 소중하니까. 지나가는 사람들의 소리에 집중해 보는 것도, 정돈되지 않은, 가 보지 않은 산행을 하는 것도, 내가 꺼리는 일들에 집중해보는 것도, 거창할 필요 없이 내가 생각한 나의 잣대와 내 사고와는 정반대로 삶을 살아보며 또 다른 메시지를 얻는 것. 버킷이란 거창하지 않고 그저 내 삶의 패턴과 다른 삶을 살아보고자 하는 시작점이 중요한 것. 20대와는 다른 나의 30대는 바로 거품 쭉 빠진 올곧은 나의 모습을 찾는 데서 시작되는지도 모르겠다. 보이는 거창함 말고 단단한 나의 중심을 찾는 나의 여정 말이다.

Part 3
· ·

30대
–

이젠 1일1치킨도
해 보려고요

프리랜서 L

한없이 평범해 보여도 누군가에겐
꿈이 되는 것, 그게 인생이다

우린 삶을 살면서 조금이라도 더 특별하게 살길 바란다. 나 역시 한 번뿐인 인생이기에 좀 더 특별하고 색다르게 살고 싶었다. 그런데 가만 보면 우리 중에 그 누구도 똑같은 인생을 살고 있는 사람은 없다. 그 말은 우리 모두 특별한 인생을 살고 있다는 거다. 이미 특별한 각자의 인생을 살고 있음에도 더 특별하게를 원하는 건 진짜 내가 원하는 것일까?

내 인생이 별거 없어 보여도 다른 누군가에겐 내 인생이 꽤나 멋스러워 보이기도 한다. 내가 살아본 인생이 아니기에 내 인생보다 타인의 인생에 더 관심이 가고 더 특별하게만 느껴지는 게 아닐까? 남의 인생을 들여다보기 전에 내 인생을 좀 더 자세히 살펴보았다면 내 인생도 참 괜찮구나 하고 느끼지 않았을까 싶다. 우리의 인생은 그래도 꽤나 살아볼 만하니까….

결코 평범할 수 없는 게 우리 인생이다

　　　　　한 번 사는 인생인데… 특별한 인생을 살고 싶다. 모든 사람들이 한 번쯤 생각하는 것이다. 내 나이 서른 셋이 되고 보니 알겠더라. 내 인생 또한 평범하지 않음을… 그리고 다른 누군가에게도 내 인생이 평범하지 않다는 걸… 지금 내 나이가 되어 보고 알았다.

　어렸을 때 난 한 번 사는 인생인데 매일 이렇게 똑같은 생활을 한다면 얼마나 슬플까? 생각하면서 앞으로의 난 조금은 다르게 살아야겠다고 매일 생각했다. 이 생각 때문이었는지 사실 20대의 난 남들과는 달리 꽤나 많은 경험을 했고, 내 경험을 보고 누군가는 나에게 "어떻게 그런 걸 했어요?", "저도 그런 경험하고 싶은데 어떻게 하면 할 수 있어요?"와 같은 질문을 했다. 다른 누군가도 할 수 있는 경험이라고 생각했던 내 경험이 누군가에겐 특별하고, 따라 하고 싶은 경험임을 서른이 넘어서야 알 수 있었다.

사실 두 번째 전환점인 서른이 되면 뭔가 되게 많이 바뀌고 내 인생도 뭔가 더 성숙해지고 더 많은 색다른 무언가를 하게 되지 않을까 하고 생각했었다. 그런데 막상 서른이 되고 보니 사실 크게 내 인생이 바뀌지는 않았다. 다만 그동안 내 인생이 크게 대단해 보이지 않고 평범해 보이기만 했다면 서른이 되고 보니 내 인생도 꽤나 특별하고 누군가에게 이야기할 만한 삶이었음을 새삼 느꼈다.

서른셋 인생을 살고 있는 88년생 우리 모두가 각자의 인생을 살고 있고, 그 인생은 어느 하나 평범하지 않다. 대단히 많이 바뀌지 않았더라도 나만의 인생을 살고 있기에 우린 그 누구도 평범하지 않음은 명백하다. 이미 우리 인생을 시작한 순간부터 모두가 평범하지 않기에 이미 특별하게 살고 있다. 그 누구도 평범하지 않기에 평범하게 사는 게 가장 어렵다는 걸… 내 나이 서른이 지나고 알았다. 특별해야 대단해 보였는데 서른이 지나고 보니 특별해서 대단한 사람보다 꾸준히 내 할 일을 하면서 마치 평범해 보이지만 꾸준함이라는 특별함이 있는 사람이 더 대단함을 알았다.

왜 우린 인생에서 특별하게만을 외칠까? 특별해야 인정받고, 사람들에게 관심을 받는 사회로 인해 평범한 건 마치 잘못 살고 있는 것처럼 비치고 있다. 그래서 평범하게 살면 안될 것 같고, 특별하게 살아야 잘 살고 있는 것인 줄 우린 모두착각하고 산다. 특별하게 살고 싶은 게 진짜 나를 위한 것인지, 아니면 다른 이들의 시선으로 인한 것인지도 모른 채 말이다.

내가 특별하게 살고 싶었던 건 오로지 나를 위한 희망사항이 아니었다. 타인에게 그래도 꽤 괜찮은 인생을 살고 있다고 평가받지 않을까 하는 기대 때문에 특별하게 살고 싶었다. 하지만 진짜 내가 원하는 게 아니다 보니 어느 순간 '지금 내가 뭐 하는 거지?' 싶은 생각이 들면서 나를 보게 됐다. 이미 나는 충분히 특별하게 살고 있는데 뭘 얼마나 더 특별하게 살고 싶은 걸까? 하는 생각과 함께 말이다. 20대는 내가 꽤나 평범하기만 한 줄 알았는데 살아 보니 서른을 넘긴 지금 내 나이 서른셋… 이미 또래와 달리 난 꽤나 특별하게 살고 있다. 우리가 생각했던 것보다 훨씬 더 우리의 인생은 이미 충분히 특별하다.

> 평범한 인생을 사는 것보다 특별한 인생이 더 쉬워요. 이미 우린 매 순간 비슷한 듯 다른 생활을 하고 있고, 내가 한 오늘의 행동이 누군가에게 부럽고, 따라 하고 싶은 것이 될 수도 있으니까요.

온전히 나로 살기 위한 방법

인생은 매일이 처음이라 아쉽고, 후회도 되고 그런 거다. 그런 걸 알면서도 후회를 남기고 싶지 않은 게 사람 마음이 아닐까. 서른셋이 되고 보니 매일이 처음인 내 인생을 '어떻게 하면 후회 없이 살까'가 아니라 '어떻게 하면 온전히 나로 살까'가 더 중요해졌다.

10대, 20대를 지나 서른셋이 되고 보니 매일이 처음이란 게 이제야 조금씩 와닿게 되었다. 10대엔 공부를 해야 하고 대학을 가야 한다는 전제 조건에 맞춰 진짜 내가 원하는 꿈이나 삶이 아닌 그럴싸해 보이는 꿈을 목표로 살았다. 수능이 내 10대 인생을 보상이라도 해 주는 것처럼. 스무 살이 되고 20대에는 진짜 내가 원하는 건 없이 하루하루 발버둥 치고 애쓰며 그렇게 살았다. 매일 애를 쓰며 사는 인생이라면 언제 죽을지 모르는 우리의 인생에 행복했다고 말할 수 있을까?

서른을 지나 서른셋이 되어 보니 매일이 처음인 우리 인생인데 너무 애쓰지 말아야겠다는 생각이 들었다. 매일이 처음인 인생에 오늘 하루 어떤 일이 생길지도 모르고, 조급해하고 뭐든 서둘러 한다고 해서 만족스러운 결과를 얻을 수 있는 건 아니다. 몇 년 전 등장한 '100세 시대'라는 말은 100세까지 꽤 만족스러운 삶을 살 수 있을까 하는 생각을 갖게 했다. 이제 서른셋인 난 인생의 1/3이 지났고, 앞으로 남은 2/3를 위해 살아가야 한다. 남은 인생에 대해 계획을 세운다고 한들 우리의 인생이 계획처럼 되는 것도 아님을 알기에 먼 미래에 대한 계획이 아닌 하루하루 나를 위한 사람으로 살려고 한다. 인생의 1/3이 남의 시선을 신경 쓰며 진짜 내가 아닌 남을 따라 살았던 인생이라면 남은 인생은 진짜 나로서 나를 위해 애쓰고 싶다.

매일이 처음이라 어느 순간에 내 속도가 아닌 남의 속도에 맞추려고 다시금 애쓰려고 하는 순간이 올 거다. 매일이 이래도 되나? 싶겠지만, 내 속도대로 산다고 해도 내 인생은 끝나지도 않을뿐더러 어느 순간 '나'라는 중심이 생겨 있을 거다. 그러다 보면 앞으로 다가올 나의 30대 중반, 후반… 그 이후에 어떠한 멈춤이 나에게 또 온들 꽤나 그럴싸하게 잘 보내지 않을까 싶다.

나라는 사람에 대해 충분히 시간을 투자하고 나를 위한 애씀이 스스로 만족스러워질 때까지, 타인과의 사회적 거리 두기를 통해 그들의 속도에 내가 맞춰 사는 게 아닌 내 속도에 그들이 들어와 나와 어우러질 수 있도록 말이다. 사회적 거리두기를 한들 그들과의 관계가 무너지는 것은 아니다. 무너지고 어색해지는 관계라면 유지하려고 애쓰지 않아도 된다. 내가 시간을 투자할 만큼의 가치가 있는 관계도 아니니까. 서른셋의 24시간은 20대의 24시간과는 달리 꽤나 빠르게 지나가는 만큼 각자의 인생을 위해 지금보다는 나 자신을 위해 애썼으면 한다.

후회 없이 살려고 애쓰지 말자.
매일이 처음인 인생에 후회가 없을 순 없다.
그렇다면 오로지 나로 매 순간 사는 연습을 하자.
나로 매 순간 산다면 매 순간이 덜 외롭고,
덜 후회스러워질 테니까.

오늘도 썸 타는 중입니다

사람과 사람 사이에는 동료, 친구, 연인, 가족 등 어떠한 관계를 맺기 전에 썸이라는 시간이 있다. 단순 남녀 사이에서가 아니라 대부분 처음 만나는 누군가와의 시작에는 항상 썸이 존재하며 밀당도 하고 매력 발산을 하기도 한다. 썸일 때의 우리는 꽤나 설렘을 느끼며 시간을 보낸다. 나를 모르는 누군가를 위해, 내가 잘 모르는 그 사람이 궁금해서 말이다. 이렇게 썸을 계속하다 보면 어느 순간 어떠한 관계를 갖게 된다. 사람 관계에서의 썸은 우리의 인생에도 있다. 인생도 매일이 썸의 단계가 아닐까?

매일이 처음인 인생에 좀 더 나를 돋보이게 만들기 위해 노력도 했다가 내려놓기도 했다가 마냥 좋기도 하니 이게 썸과 같은 게 아닐까 싶다. '썸'은 사전적 정의로 연인 관계는 아니지만 서로 사귀는 듯이 가까이 지내는 미묘한 관계를 이르는 말이다. 이처럼 미묘하고 복잡한 마음을 갖게 하는 게 썸인 것처럼, 우리 인생도 나 스스로와 매일 썸을 유지한다. 관계에서도 매일 만족스러운 썸의 관계가 될 수 없듯 우리의 인생도 매일이 만족스럽진 않다. 썸으로 시작된 관계가 다 연인이 되는 게 아닌 것처럼 인생도 그렇다. 꼭 완벽한 결과가 있을 거라고 기대하기보다는 결과를 만들기 위한 과정에서 나 스스로 어떤 노력을 하고 있는지를 생각해 보면 어떨까?

30대가 되기 전 난 썸이라는 과정이 중요했던 게 아니라 결과가 중요했다. 어쩌면 결과 중심적으로 사는 사람 중 한 명이 나였을지도 모른다. 그런데 살다 보니 결과는 어떻게든 다 만들어지게 되어 있더라. 다만 내가 그 결과를 만드는 과정 중에 어떠한 행동을 하고 어떠한 마음을 가졌는지에 따라 내가 느끼는 바도 달라졌다. 또한 살다 보면 비슷한 상황이 발생하기도 하는데, 결과 중심적인 경우 다시금 흔들리게 되지만 과정 중심적으로 행동할 경우 더 잘 이겨내고 좀 더 나은 새로운 결과를 만든다.

사실 나도 보통의 사람인지라 결과가 중요하지 않을 수 없다. 그런데 결과에만 목매달며 살다 보면 나라는 사람의 인생보다 겉으로 보이는 것에 더 익숙한 삶을 살게 되고 어느 순간 찾아오는 현실에 스스로 자괴감에 빠지게 된다. 그러니 결과에 너무 애쓰지 말자. 서른셋이 되고 보니 결과를 만들어 가는 과정 속에서 얻는 게 더 많고 결과는 자연스럽게 따라오는 것일 뿐이었다. 인생이 애쓴다고 마음대로 되지 않는 것처럼 평생 썸을 타듯 나 스스로와 밀당을 해야 하는 우리의 고달픈 인생을 좀 더 행복하게 즐겼으면 한다.

정서의 허기에 휘둘리지 않는 서른셋입니다

얼마 전 JTBC 〈가치들어요〉라는 프로그램을 본 적이 있다. "인생을 살면서 허기라는 걸 느끼는 경우가 배고픔을 느낄 때 말고, 심적으로 허기를 느낄 때가 있습니다. 정서의 허기는 배고플 때 우리가 허기를 느끼는 것처럼 마음이 공허해지고, 외롭고, 자존감이 낮아지면 그때 정서의 허기를 느끼죠. 정서의 허기를 느끼면 무슨 말을 하든 마음과는 다르게 부정적인 셀프 텔러가 됩니다. 마음이 가난해도 괜찮아요. 조금이라도 나를 위해 하는 이야기를 듣거나 받아들인다면 좋은 일은 시작될 거예요." 이 말을 듣는데 나의 20대가 순간 머릿속으로 확 지나갔다.

무언가를 보고, 즐기고, 옆에 좋은 사람들이 있어도 나의 20대는 꽤나 불만족이었다. 나만 안 좋은 일이 생기는 것 같았고, 힘든 게 청춘이라는 말도 나 보고 하는 말인가 싶었다. 그래서 지금 내 상황에 핑곗거리를 만들어 가기 시작했고, 나를 위한 말조차도 좋지 않게 받아들였다. 사실 지금 생각해보면 나 스스로 내 인생을 살지 않았었고 잔뜩 화가 나고 예민한 고슴도치처럼 가시를 세우며 세상과 부딪히며 살았다. 배가 부르면 사람이 한없이 여유로워지고 관대해지는 것처럼 정서의 허기가 채워지면 나 또한 여유로워지고 매사 '그러려니' 하는 마음이 된다는 걸 30대에 알게 됐다. 20대의 난 마음의 여유도 없을뿐더러 금전적 여유조차 충분히 갖지 못했고 청춘이니까 힘들어도 견딜 수 있다는 이야기를 들으며 더없이 부정적인 셀프 텔러로 살았다.

취업에 실패했던 시기에 주위 사람들이 회사 생활이 힘들다고 하거나 또는 나를 부럽다고 이야기하면 한없이 날카로워졌었고 서서히 그들과의 관계를 접기 시작했었다. 돈과 시간의 여유가 없더라도 마음의 여유가 있었거나, 혹은 내 마음이 가난했더라도 누군가 나에게 하는 이야기를 들어 볼 용기를 가졌거나, 나에게 하는 모든 이야기를 조금이라도 받아들일 수 있었다면 어땠을까 싶다. 무슨 일이든 마음먹기에 따라 결과는 달라진다고 하듯이 비록 내 마음이 가난했을지라도 나에게 하는 이야기를 들어 보기라도 했으면 조금이라도 좋은 일이 생기지 않았을까?

서른이 돼서 내가 원하는 일을 하고 선택을 하면서 타인이 나에게 하는 말을 조금은 마음을 열고 듣게 됐다. 나보다 나이 많은 어른들이 하는 이야기에 날 선 것이 20대의 나였다면, 30대의 난 나보다 오래 산 사람들의 의견이라면 나와 다를지라도 조금은 받아들일 수 있는 마음의 여유가 생겼다. 살아 보니 전혀 도움이 되지 않고, 잔소리일 것 같은 말도 어느 순간 그 말이 내 인생에 아주 작은 부분일지라도 어떠한 문제를 해결하는 데 도움이 되었다.

어차피 인생은 매일이 처음이라 우리 모두 매 순간 기대도 하고 두려움도 갖는다. 하지만 이 두려움은 시간이 지나면 자연스럽게 사라지기 마련이기에 내가 마음에 여유가 없고 금전적인 여유가 없을지라도 조금은 주위 사람들의 말을 들어 볼 용기를 갖고 살길 바란다. 서른셋이 되고 보니 뭐 하나 쉽게 지나갈 것 같은 일도 쉽지만은 않다. 어차피 매일이 새로운 인생이기에 금전적, 심적 여유가 없더라도 조금은 이야기를 들어 볼 여유가 필요하다는 것도 알게 됐다. 날 선 나보다는 마음이 가난해도 긍정적인 셀프 텔러가 된다면 또 모르지 않나? 오늘보다 내일이 더 살아볼 만하게 바뀔지도.

인생도 연애도 모르는 게 당연한 거야

"연애는 해?", "결혼은 언제 할 거야?" 20대 후반부터 새로운 사람 또는 지인들, 친척들을 만나면 꼭 듣는 말이다. 인생도 내 마음대로 되지 않고 매일 새로운데 내가 결혼을 언제 할지 어떻게 아나 말이다. 결혼을 안 했다면 나이를 먹을수록 가족 행사 또는 결혼한 친구들과의 만남을 피하게 된다는데… 서른셋이 되니까 이젠 내 이야기가 되었다. 결혼을 하기 전까지 이런 질문들은 계속해서 꼬리표처럼 따라붙을 텐데… 사람들을 만날 때마다 묻는 뻔한 질문에 일일이 답하고 싶지 않았다. 한 치 앞도 알 수 없는 인생임에도 결혼은 모든 이들이 몇 살 전에는 해야 한다고 정하고 물으니 답을 해야 하는 나로서는 난감할 수밖에 없다.

20대엔 내가 엄청 좋아하지 않더라도 상대가 날 좋아하니까 만나기도 하고, 순간의 감정에 이끌려 만났다면 30대의 연애는 재고 따지기 시작했다. 20대의 난 상대에 따라 꽤나 많이 흔들리는 사람이었고, 헤어짐에 냉정해지고 아무렇지 않은 듯 보이려고 했지만 그렇지 않은 사람이었다. 헤어짐에 익숙해질 수는 없으나 연애를 시작하고 끝냄에 있어서 내 인생이 흔들리지 않도록 하기 위해 좀 더 나를 사랑하고 나 자신의 이야기를 들으며 내가 중심이 되고자 했다. 연애에도 쉼이 있어야 하듯 나 또한 6개월 이상의 쉼을 가지며 오히려 나에 대한 투자를 했고, 그러니 보였다. 나보다 잘난 사람을 만난다 할지라도 나 또한 꽤나 괜찮은 사람이란 걸 말이다.

나이 때문에 조급해하지 않아도 되는 게 연애다. 법으로 30대 전까지만 연애를 해야 한다고 정해 놓은 것도 아니고, 뭐 어떤가? 작은 것 하나 내 마음대로 하기 쉽지 않은 게 인생인데 연애는 사람과의 관계인 만큼 가장 어렵게 느껴질 수밖에 없다. 그러니 너무 애타 하지도 힘들어 하지도 말자. 어느 순간 예상치 못한 곳에서 내 인연은 찾아오니까 그 전에 온전히 흔들리지 않는 내가 되어야 한다.

여행 작가로도 일을 하다 보니 취재 차 해외여행을 다녀온 후 지인들을 만날 때면, 하나같이 묻는 질문이 있다. "이번에 썸 탄 사람은 없었어?" 해외여행을 갈 때마다 새로운 사람을 만날 수 있었으면 난 이미 결혼하고도 남았지 않을까 싶은 질문에 매번 웃어넘겼다. 많은 이들이 여행을 하면 꽤나 로맨틱한 상황이 영화처럼 생기지 않을까 하지만, 실제로 그런 경우는 많지 않다. 우연히 내 사람을 만나게 된다는 건 쉽지 않다. 인생이 예측 불가능하기에 연애 상대도 예측 불가능하게 만날 수 있다. 그러니 애쓰지 말자.

너무 애를 쓰며 연애를 하다 보면 사람만 다르지 같은 패턴의 연애에 지치게 되고, 연애하는 동안 행복해야 하지만 시작부터 지치게 될 수도 있다. 언제 어디서 어떻게 만날지 모르는 게 사람이니 원하는 사람을 찾지 못하고 만나지 못했다고 애타지 말자. 한 번에 원하는 사람을 만난다면 그 누가 연애에 아파하고 실패하며 연애의 애틋함을 느끼겠는가. 그냥 흘러가는 대로 잠시 연애를 쉬기도 하고, 나에게 찾아온 인연이 나와 맞지 않다면 과감히 끊기도 하고, 상대에 따라 달라지지 말고 흔들림 없이 내 중심을 갖고 나를 찾아오는 그 사람을 받아들일 수 있도록 준비하길 바란다.

　그 누구도 한 순간의 만남으로 상대의 모든 걸 알 수 없다. 그러니 잘못된 선택으로 정말 좋은 사람을 놓치는 실수를 하지 않도록 보는 눈을 기르고 어떤 사람이 와도 나 스스로 흔들리지 않도록 노력하자. 제약이 되는 상황이 와도 예측 불가능하게 연애가 시작되기도 하는 것처럼 어느 순간 연애를 하게 될 수 있으니까 말이다.

인생도 알 수가 없어요. 그런데 연애를 위해 내 이상형을 빨리 찾기 바라는 건 욕심이죠.
상대를 찾는 데 애쓰기보단 스스로 중심을 잡을 수 있도록 나 스스로를 위해 애쓰세요. 그러면 진짜 내가 원하는 사람이 나타나고 그렇지 않더라도 좌절하지 마세요. 어느 순간 내가 원하는 사람이 나타났을 때 나도 그럴싸한 사람이 되어 있을 테니까요.

"라떼는 말이야"로 나를 가두지 않기

　　　　"라떼는 말이야"라는 말을 한 번쯤은 들어 봤을 거다. 이 말은 조금이라도 세대 차이를 줄이기 위해, 요즘 것들인 10~20대와 자연스러운 소통을 위해 조금은 재미있게 만들어진 게 아닌가 싶다. 사실 난 이 말을 좋아하는 편이 아니다. "라떼는 말이야"라는 말은 어찌 됐든 지금의 내가 아닌 과거의 나를 좀 더 치켜세우기 위한 말이 아닌가 한다. 현재의 내 모습이 아닌 과거의 내 모습이… 과연 중요할까?

　　매일이 새로운 인생인데, 우스갯소리로 과거의 지난날을 생각하며 말할 수는 있겠지만 처음 보는 사람 또는 자신보다 어린 사람에게 "라떼는 말이야, 이랬는데 요즘은 아니다."라고 말하는 것 자체가 오히려 더 거부감을 느끼게 만드는 게 아닌가 싶다. 예측 불가능한 매일을 살면서 현재의 내가 아닌 과거의 나를 생각하며 산다는 건 어쩌면 앞으로 더 나아갈 수 있는 스스로에게 제약을 두는 게 아닐까 싶다.

가령 과거의 내가 현재의 나보다 꽤나 멋들어지게 살았다면 과거를 회상하며 지금의 나는 왜 이럴까 하는 부정적인 셀프 텔러가 될 수 있다. 사실 한때는 나도 "라떼는 말이야"라며 과거의 내가 했던 일들을 이야기하며 그럴싸한 사람으로 포장하기도 했는데… 어느 순간 허무했다. 과거에 내가 했던 것을 지금의 난 하지 않고 있는데 말만 그렇게 하면 뭐하나 싶은 생각과 함께 현재의 날 들여다보기 시작했다. 우리는 무언가를 시작할 때, 특히 과거에 다른 사람에게 박수를 받고 감탄을 받을 만한 일을 했다면 더욱이 '혹시 실패하면 어떻게 하지?', '내가 원하는 결과가 나오지 않는다면?' 등의 걱정을 나열하기 시작한다. 그런데 어차피 그 누구도 인생이 어떻게 흘러갈지 알 수 없다. 그러니 '아님 말고' 마인드를 가지며 "라떼는 말이야"라고 말하며 과거에 나를 가두지 말자.

33년을 살아 보니 뭐든 일단 시작하면 어떠한 결과든 나오더라. 과정 속에서 내가 원하는 방향이 아니면 수정하면 되고, 꼭 그럴싸한 결과가 나와야 한다는 부담은 갖지 않아도 된다. 지금 내가 하려는 무언가가 있다면 우선 시작이라도 해 보자. "시작이 반이다."라는 말도 있듯이 무엇이든 시작이 어렵지 오히려 결과를 내는 건 어렵지 않다. 인생 뭐 있나? 어차피 100% 만족스러운 삶을 살 순 없다면 지금의 나라도 내가 원하는 선택을 하며 너무 고된 인생이 아닌 '아님 말고'처럼 순간을 즐긴다면 조금은 인생이 즐겁지 않을까 싶다.

'아님 말고'는 뭔가 현재의 상황을 회피하고자 쓰는 말 같지만, 뭐 어떤가? 무언가를 시작함에 모든 걸 다 철저히 준비하고 계획대로 할 수도 없는 게 인생인데 '아님 말고' 마인드로 인해 가끔은 힘을 빼고 살아도 괜찮다는 거다. 앞으로의 우리는 지금보다 더 많은 걸 경험하고 만들 수 있을 테니까 말이다. 지금이 힘들다고 포기하거나 과거의 그럴싸한 나에 얽매여 있지 말자. 어차피 오늘도 내일도 우린 매 순간 새로운 시작점에 있고, 매일을 애쓰며 살기에는 100세 시대에 절반도 살지 못했고 앞으로 살날이 더 많기에 조금은 릴렉스

하며 내려놓는 자세로 인생을 살아보자. 우리 모두의 인생은 특별하고 소중하니 말이다.

애쓰며 힘을 주고 산다고 완벽한 삶을 살 수 있는 것도 아니더라고요.
가끔은 힘을 빼고 '아님 말고'의 마인드를 가져도 인생은 흘러가고 괜찮으니 걱정 마요.
태어난 순간부터 우린 각자 특별한 인생을 사는 만큼 장거리 달리기 하듯 숨 고르기도 하고 내려놓기도 하면서 인생을 즐겨도 괜찮아요. 매일이 완벽할 수 없는 게 인생이니… 오늘은 '아님 말고'처럼.

직장인 K

치킨은 눈치 보지 말고 먹자

결국 나쁜 년이 잘 산다

최근 한국 드라마는 캔디형 캐릭터보다는 희대의 악녀 연민정, 여다경과 같은 캐릭터가 오히려 더 사랑을 받고 있다. 90년대 눈물을 머금고 팥쥐들에게 구박을 받는 콩쥐가 사랑받던 시대에서 우리는 왜 나쁜 악녀를 사랑하게 되었을까? "호의가 계속되면 둘리가 된다."와 같은 명언이 터지기 시작하면서 착한 사람보다는 영리한 악녀가 낫다는 생각이 과거보다는 자리 잡은 게 아닌가 싶다.

하지만 현실에서 많은 사람들은 착한 사람 콤플렉스에서 벗어나지 못해 힘든 삶을 살아가고 있다. 이런 사람들은 작은 칭찬에도 행복해하고, 사람들을 잘 믿는 경향이 있다. 그러나 믿었던 상대가 배신을 했을 때, 또는 인정받지 못하는 순간이 왔을 때 증오와 원망이 생기게 되고 결국 스스로를 궁지로 몰고 간다. 그래서 누구에게나 친절하고 착한 사람은 내면을 들여다보면, 속이 망가져 정작 본인은 행복하지 않은 케이스가 많다. 정신과 의사가 그런 말을 한 적이 있다. "정신과에는 정작 와야 할 사람은 안 오고 상처받은 사람만 온다." 특히 직장에서 착한 사람이 되는 순간 업무 성과와 업무량은 반비례하게 된다는 것을 기억해라.

연인 관계에 있어서도 마찬가지다. 물론 상대방에 대한 배려, 예의가 기본 바탕이 되어야 하는 것은 맞으나, 너무 지나치다 보면 상대방은 당연하게 생각할 것이고 그 당연함에 대해 서운함이 차곡차곡 쌓여 원치 않는 이별 열차를 탈 수도 있다.

착한 사람이 될 필요는 없다.
물론 나쁜 사람이 될 필요는 더더욱 없다.
그런데 살아 보니 결국 나쁜 년이 잘 산다.

목표가 없는 삶은 쉽게 공허해진다

        아무리 열심히 회사에서 일을 한다 한들, 회사 내부의 조직 개편으로 또는 누군가의 정치판으로 성과를 인정받지 못하다 보니 회사에서는 목표가 없던 삶이었다. 내가 이렇게 살려고 그렇게 열심히 취업 전선에 뛰어들었나 하는 후회 속에서 지내고 있다 보니 어느 순간 나의 자존감은 저 밑으로 하락하였고 삶은 점점 무기력해지는 시기가 왔다. 그리고 그 시기에 유명인들이 세상을 등지게 되는 사건들이 터졌고, 베르테르 효과처럼 나도 서서히 안 좋은 생각들을 많이 하게 되었다. 부모님만 아니면 정말 다 포기하고 이 세상에서 사라지고 싶다는 생각이 점점 커졌고, 이러다가 정말 일낼 수도 있겠다는 생각이 들었다. 유선 상담을 통해 정신적인 고충도 토로해 보았지만 나에게는 별로 도움이 되지 않았다.

부모님만 아니면 진짜 죽고 싶다는 생각으로 몇 개월을 살고 있던 때, 망년회를 갖고자 지금 이 책을 함께 집필하는 친구들을 만나게 되었다. 시청이 아래로 내려다보이는 야경과 함께 와인을 마시며 서로 허심탄회한 이야기를 하던 중, 이 친구들도 나처럼 힘들게 하루하루를 건뎌내고 있구나 하는 생각이 들었다. 그리고 내가 이 친구들의 손을 잡지 않으면 나처럼 희망이라는 끈을 놓아버릴 수도 있겠다는 생각에 아찔해졌다. 20대에는 승무원이라는 같은 꿈을 꾸고 손을 맞잡았고 30대에는 사랑에서, 사회생활에서, 현실의 벽에서 아픔을 느끼는 친구들의 손을 잡고 싶다는 생각이 강해졌다. 이것이 2019년 12월 26일 우리가 이 책을 집필하게 된 이유이다.

아이러니하게 셋 다 꿈을 접고 나는 일반 직장인으로, 무용을 전공했던 친구는 필라테스 강사로, 나처럼 회사원을 했던 친구는 마케터로 전향하면서 서로 다른 삶을 살고 있는 지금. 우울감이나 절망감과 같은 불필요한 생각을 할 새 없이 공동 출간이라는 목표를 갖고 2020년 열심히 달려오다 보니, 상처 입었던 우리들의 마음은 어느 정도 치유가 되었다. 나는 나처럼 목표의식을 잃고 방황하는 친구들에게 이런 말을 해주고 싶다.

나 스스로를 믿지 못하다 보니, 난 다른 사람을 통해 나를 판단해 왔어요. 누군가 날 칭찬해주면 아이처럼 기뻐했고, 내가 일에서 성과를 내면 나를 바라보는 타인의 시선이 달라질 것이라 생각했어요. 그렇게 다른 사람의 시선, 평가에 의존하며 살다 보니, 타인으로부터 인정받지 못하면 내 가치는 한없이 추락하더라고요. 내 존재의 가치를 잃어버릴 정도로. 그래서 전 늘 속이 텅 빈 사람처럼 공허하고 외로웠나 봐요.

치맥 한잔하며 털어내는 단단한 멘탈을 갖자

사람은 살면서 누구나 좌절을 하는 시기가 있다. 10대에는 성적표에 좌절, 20대에는 취업 문턱에서 좌절, 30대에는 직장 생활에 느끼는 회의감, 결혼을 했다면 당장 갚아야 할 아파트 대출금 고민, 40대에는 육아 스트레스 등. 나이를 한 살 한 살 먹을수록 멘탈 관리를 지금부터라도 잘해야겠다는 생각을 한다.

나는 태생적으로 유리멘탈인 사람 중 하나이다. 이런 나의 성격을 잘 알고 내가 힘들 때마다 잘 다독여주는 회사 동생이 하나 있는데 28살이라는 어린 나이임에도, 웬만한 일에 상처를 받지 않는다. 나는 그 친구의 성격을 닮고 싶어 어떻게 하면 그렇게 초연하게 대처할 수 있는지 물어봤다. 별일 아니라고 생각하며 산다는 뻔한 답변이 돌아올 줄 알았으나, 그 친구의 대답은 나를 조금 놀라게 했다. "지금 있는 일에 대해 의연하게 대처하는 걸 미리 배워 둬야 돼요. 젊었을 때 미리 멘탈을 잘 케어해야 앞으로 살면서 더 큰 사건들이 생겨나도 덜 다칠 수 있어요. 저는 그래서 지금 그 힘을 기르고 있는 중이에요."

그렇다. 지금 내가 느끼고 있는 인간관계에서의 회의감, 이직에 실패했을 때의 상실감 정도는 나보다 더 오래 인생을 산 어른들의 문제에 비하면 작다고 생각한다. 앞으로 인생을 살면서 내 사람들을 떠나보낼 수도 있고, 내가 예상치 못한 인생이 펼쳐질 수도 있다. 세상에 영원한 건 없으니깐… 정말 뻔한 이야기이지만, 지금 나에게 펼쳐진 일들이 너무 힘들고 크게 느껴지더라도 앞으로 살면서 더 큰 일에 대처하는 밑거름이 된다고 생각하고 스스로 힘을 길러낼 노력이 필요하다.

전국에 있는 2030 청년들, 치맥 한잔하며 털어내는 단단한 멘탈을 갖자고요.

20대의 이별이 추억이라면,
서른의 이별은 쓰디쓴 소주 한 잔

서른이 넘어서 이별에 대해 깨달은 게 하나 있다. 20대의 이별이 영화 속 한 장면처럼 아름답게 기억되는 추억이라면, 서른의 이별은 현실의 벽에 부딪혀 아픔이 된다는 것.

20대 나의 연애사를 떠올려 보면 정말 혈기 왕성하고 패기 넘쳤다. 지금이라면 쿨 하게 넘어갈 수 있는 부분인데 당시에는 뭐가 그리 서운했는지 몇 시간을 통화하며 감정 소모하고… 서로 다시는 안 볼 것처럼 싸우다가도 다음 날이 되면 죽고 못 사는 연인으로 돌아오는 패턴들이 항상 반복되었다. 주로 20대의 연애는 연인 간의 애정 전선에서 생기는 감정 소모, 집착, 때로는 무관심 때문에 힘들었지만 지난날을 돌이켜 보면 서로 사랑 하나만 봤던 것 같다. 앞뒤 보지 않고 뜨겁게 사랑해서 그런지 20대에 이별을 겪고 몇 년 뒤 회상해 보면 영화 속 한 장면처럼 아름답게 기억되고는 한다.

서른에 한 이별은, 아니 사랑은 현실이라는 출발선상에서 시작하는 경우가 많다. 결혼이라는 것을 전제로 깔고 상대방을 고르기 때문에 "아! 키도 크고 너무 잘생겼어!"라는 외형적인 조건보다는 결혼을 했을 때 가정적인 사람이 될 수 있는지, 가정을 위해 책임감을 갖고 인생을 살 사람인지, 경제적 조건은 되는지 등 현실적인 조건들을 보고 시작을 한다.

확실히 시작이 그래서 그런지 30대에 파혼을 하는 주변 커플들을 종종 볼 수 있다. 예단 문제, 집안 분위기, 요즘 유행하는 반반 문화 등등 정말 현실적인 문제들 때문에 연인에서 남으로 아주 쉽게 돌아서는 케이스를 볼 수 있다. 실제 내 주변에도 결혼 비용으로, 신혼집 위치 선정 문제 등으로 깨진 커플이 많다. 그런 문제들로 인해 헤어지고 나면 아무것도 모르던 20대 때보다 새로운 인연을 찾기가 더 두렵고 씁쓸하다.

실제 나도 작년에 4개월가량 사귀던 남자친구가 자꾸 현실적인 질문들을 물어봐서 이별로 직결된 적이 있다. 결혼하고 나서 직장 생활을 할 의향은 있는지, 여자 나이 서른이면 5천은 모았나 하는 드립이라든지, 나중에는 우리 집 시세 조회까지 한 걸 걸렸고 이런 일이 반복되니 사랑도 내 마음의 크기도 점점 줄게 되었다. 대기업 디스플레이 회사를 다니던 놈이었는데, 20대 때 만났던 같은 계열 전자회사 오빠와는 너무 다름을 느끼며 순수한 사랑은 더 이상 할 수 없다는 생각에 서글퍼졌다.

> 20대의 이별은 사랑싸움으로 인해 가슴 절절하게 헤어져 그런지 나중에 추억 한 장으로 남더라고요. 그러나 30대의 이별은 현실적인 문제로 이루어지는 경우가 많기 때문에 씁쓸하더라고요, 마치 소주 한 잔처럼….

앞으로 다가올 40대는, 살아온 30대 삶의 성적표

"당신이 살아온 삶의 성적표는 몇 점이신가
요?"라고 물었을 때 나는 당당하게 몇 점이라고 말할 수 있을
까? 학창시절에는 학교 시험으로, 대학교 때는 학점으로, 직
장 생활을 하면서는 회사의 고과로 평가받는다. 나에 대한
평가가 모두 내가 주체가 아닌 타인에 의해 결정되기 때문에
스스로를 돌아본 적은 많이 없었을 것이다.

지금 나는 20대 삶으로 받은 성적표를 갖고 30대를 살아
가고 있다. 여태 내 점수를 매겨 본 적이 없지만 굳이 20대의
성적표를 점수로 표시하자면 80점 정도를 주고 싶다. 돌이
켜 보면 회사 생활이 정말 힘든 날도 참 많았지만, 내가 힘들

때마다 응원해주고 지지해줬던 직장 동료들 그리고 나와 수십 년을 함께했던 친구들이 아직 내 곁에 있는 것이 잘 살아왔다는 방증이다. 또한 부모님에게 금전적으로 큰 효도는 못 하고 있지만 심적으로 안정감을 주는 딸이었다면 내 생각보다는 꽤 괜찮게 살아왔다고 믿고 싶다.

이제 앞으로 나의 40대를 잘 대비하기 위해서는 30대를 잘 살아야 하기에 내게 부족한 게 무엇인지 한 번 생각해보게 된다. 나는 일단 주체적으로 살지 못했다. 누군가의 말에 흔들리고, 타인의 시선에 따라 선택했다. 그런 것들이 나 스스로를 아이 같은 어른으로 가둬 둔 것이 아닌가 생각한다. 20대에는 사회 초년생이기 때문에 타인의 조언에 따라 움직이는 것도 좋다고 생각하지만, 30대는 어른이다. 비록 아직 아이 같은 어른이지만, 내가 한 행동을 스스로 책임져야 하는 어른. 성공도 실패도 오로지 내 몫… 사람은 나이를 먹을수록 살아온 세월이 얼굴에 보이기 때문에, 40대에 내 성적표는 30대를 살아온 얼굴이 되지 않을까 생각한다. 관상은 사이언스.

회사에서의 커리어, 인생의 성공도 중요하지만 나는 40대에 "정말 긍정적으로 잘 살아왔구나."라는 성적표를 받아 보고 싶다. 열심히 해도 내 뜻대로 되지 않는 세상 속에서 많이 지치고 많이 힘들었지만 아직까지 삶을 놓지 않았고, 살기 위해 여전히 버텨내고 있다. 이 책이 반드시 출간이 되어 나와 같은 고통을 느끼고 있을 전국의 청춘들에게 우리도 이렇게 버텨내고 있다고 말해주고 싶다.

> 나이를 먹을수록 살아온 세월의 흔적이 우리 얼굴에 보인대요. 찡그린 날들이 많은 사람을 보면 "아, 저 사람은 삶이 평탄하지 않았구나."를 알게 되겠죠. 긍정적으로 삶을 살아낸 사람의 얼굴에는 여유와 행복이 넘치겠죠? 그때가 되었을 때 부디 여러분 얼굴에 여유와 행복이 담긴 성적표를 받기 바랄게요.

현대인의 흔한 질병, 마음의 병

살다 보면 죽어야 할 것 같은 하루가 있다. 하지만 며칠이 지나면 언제 그랬나 싶게 사는 게 감사한 하루도 생긴다. 그러다 또 며칠이 지나고 나면 삶 자체가 정신적 고통인 때가 다시 온다. 이렇게 하루가 멀다 하고 감정이 왔다 갔다 하는 것은 조울증, 즉 양극성 정동장애인데 우울증과는 약간 다르다. 최근 몇 년 사이 매스컴을 통해 들리는 사건들을 보면 우리나라에는 감정적 과민, 신체적 과잉행동을 하는 사람들이 점점 많아지는 것 같다. 사실 우리나라에서 살아가는 것 자체가 정신적 고통이 크기는 하다. 우울증이 매년 증가하는 가운데 특히 2030 세대에서 조울증을 겪는 환자가 많은데, 조울증의 급증 원인은 학업, 취업 등 사회 구조적 환경에서 비롯된 문제일 가능성이 높다.

일단 대한민국은 인구 밀도가 높기 때문에 많은 사람이 아주 좁은 도시에서 경쟁을 한다. 가까이서 경쟁을 하다 보니 비교 또한 심해진다. 그래서 대한한국에서 어린 시절을 보낸 사람은 대부분 경험해보았을 것이다. 공부를 잘해야 성공한다고 믿는 사회에서 초등학교 때부터 학군을 나눠 채찍질을 하고, 그렇게 십여 년을 경쟁 속에서 살아왔는데 직장에 가서도 경쟁을 해야 한다. 한마디로 한국 사회는 태어나면서부터 무덤에 들어가는 순간까지도 경쟁이다. 이렇게 치열한 경쟁 속에서 살아온 대한민국 청년들이 미치지 않는 게 비정상적일 정도라 생각한다.

또한 우리나라 사람들은 다른 나라 사람들에 비해 도파민 수치가 높고, 세로토닌 수치가 낮은 편이라고 한다. 이 말은, 이미 뇌 구조부터가 현재에 만족을 하지 못하고 계속 무언가를 갈구하고 충동석으로 하려는 성향이 강하다는 것이다.

나 같은 경우만 하더라도 현재 내 삶에 만족을 하지 못하고 더 나은 삶을 위해 고군분투하고 있으며, 만일 인정받지 못했을 때 오는 자괴감과 스트레스는 감당할 수 없을 만큼 굉장히 크다. 그래서 하루에도 롤러코스터를 몇 번이나 탄다. 거기다 사회생활을 할 때에는 아무리 억울하고 힘든 일이 있더라도 항상 밝음을 강요당한다. 내 속을 시커멓게 태워 놓은 장본인들에게 말이다. 얼굴에 감정을 드러내고 죽상을 하고 있으면 또 튀는 행동을 한다고 욕먹기 십상이니 난 매일 아침 가면을 쓴다. 평생 이 가면을 쓸 생각에 갑갑하다.

이렇게 여러 가지로 속 시끄러운 대한민국에서
청년들의 마음에 병이 안 생기고 배기겠는가?
밝기만 한 별은 없습니다. 빛이 밝을수록
그림자도 짙어지는 것을…. 밝은 사람일수록
그 내면이 우울할 수 있으니 주변을 잘 살펴봐
주세요.

내 나름의 인생을 사는 법

아는 만큼 보이고, 보이는 만큼 확실해지는 것

남의 말과 행동에 예민하고 눈치를 많이 보는 성향인지라, 사람들과의 자리에서는 웃고 떠들며 그저 그 분위기만 즐기고 싶다. 내가 뱉는 말이 어떤 사람에겐 가시가 되고 독이 되고 상처가 될 수 있다는 생각이 자리 잡기 시작한 순간부터이다. 상처를 받기도 하고 상처를 주기도 하면서 상처 없이 인간관계를 잘 만들어나갈 수 있을까 끊임없이 고민했었던 것 같다. 나는 상대방을 생각하는 마음이 이만큼이었는데…, 나는 상대방을 위해 이렇게 희생하고 헌신했던 것 같은데, 상대방에게 나는 뭘까?, 상대방이 날 생각하기는 하는 걸까? 등의 생각을 했던 때가 있었기에 지금이 있는지도 모른다. 모든 게 처음이었으니까.

'손절'이라는 단어는 대를 이을 자식이 더 이상 없어서 끊겼다는 말에서 유래되었지만, 요즘 사람들 사이에서는 원래 의미가 확장되어 기존에 알고 지내던 인간관계를 끊는다는 의미로 사용된다. 손절은 곧 절교인 셈이다. 보통 같은 고향, 같은 학교(소속), 같은 직장, 같은 모임 등 공통분모로 사람의 인연은 맺어지는데, 한 사람이 상대방에 의해 과감히 일방적으로 정리될 수 있다는 것은 부정적이며 편향된 선택 같기도 하다. 30대에 접어들어 손절의 순간을 직접 겪어 보니, 당장은 억울한 상처였지만 내 마음만으로 인간관계를 완벽히 채울 수 없다는 것과 관계는 이해하려 할 대상이 아니라는 것을 배우게 되었다. 공통분모가 아니더라도 타인이 나를 소중하게 대하고 존중해 줄 수 있다면 나는 기꺼이 감사함을 내어줄 줄 알아야 함도 배웠다.

손절은 곧 관계에 유효기간이 있었음을 뜻한다. 또한 어쩔 수 없음을 인지하게 하며, 미련이나 추억을 확실하게 끝내게 해주는 매개체가 되기도 한다. 이 모든 게, 반대로 생각하면 너무 극단적인 것이 아닐까 생각이 들 수도 있다. 하지만 20대와는 다르게 내 마음만큼 상대의 마음이 소중하다는 걸 알게 되니 손절의 단어 자체가 가지고 있는 부정적인 감정은 사그라들었다. 인간은 누구나 부족하고 서로 다르며 시간에 따라 변화한다. 손절은 SNS나 메신저의 차단을 통해 상대에게 빠르게 전달할 수 있는 만큼 관계의 맺고 끊음은 쉽다. 상처받기 또한 참 쉽다. 그렇기에 내 만족이 상대방의 만족이길 바란다는 건 욕심이다!

나이가 들수록 묵은지와 돼지고기 같은 찰떡 인연은 더 소중하고 값지다. 누구에게나 열정은 있다. "나이는 숫자에 불과하다."라는 말도 있지 않은가. 과거에 뜨겁게 사랑했던 사람과의 헤어짐을 통해 다신 사랑하지 못할 것 같다가도 인간은 또다시 사랑을 갈구하게 된다. 난 이제 어떠한 사람을 만나게 될까. 실제로 이 문제는 나도, 내 주변인들에게도 최대의 관심사 중 하나이다. 곰곰이 생각해 본다. 난 과연 어떠한 사람과 만나게 될까? 어떤 사람과 결혼하고 싶다는 생각이 들까?

맞지 않음을 몰랐고 맞춰갈 수 있다 생각했지만, 결국 맞추지 못했기 때문에 우리는 '함께'라는 단어를 선택하지 않은 것이다. 아니 못한 것이다. 당연하고 진부하리만큼 많이 얘기하는 말이 있다. "내가 좋은 사람이 되면 되는 거야." 내가 좋은 사람이 되는 것도 결국 내 선택인 건데, 그건 어떻게 알 수 있는 걸까. 좋은 사람으로 준비된 자만이 연애에서 결혼으로 골인할 수 있다?

최근에 과거의 연인을 우연히 마주한 적이 있다. 근황을 주고받으며 대화를 이어가는데 대화 내용에 집중하기 이전에 예전과는 다른 그 사람의 말투가 나를 당황케 했다. 이제는 더 이상 연인이 아니기에, 남자들 사이에서 주고받는 어투를 편하게 쓰는 것인가 싶기도 했지만, 곰곰이 생각해보니 어쩌면 본래 그 사람의 모습일 수도 있겠다는 생각이 들었다. 성격 문제, 가치관 문제로 헤어졌더라면 달랐겠지만 연애하는 동안 크게 다툰 적도 없었기에 좋았던 감정이 오버랩되어 혼란스러웠다. 어쨌든 그와 나는 맞지 않음을 몰랐고 맞춰나갈 수 있다고 생각했지만, 결국 맞추지 못했기 때문에 우리는 함께라는 단어를 선택하지 않은 것이다. 아니 못한 것이다.

그리고 나의 연애에 대하여 곱씹어 보았다. 생각 끝에 결론 한 가지를 얻었다. 서로의 잘잘못을 떠나 상대방도 나도 서로 맞는 사람인지를 정확히 잘 알아봐야 한다는 것. 연인이 아닌 모습으로 만나니 상대의 모습이 달랐다 느꼈지만 어쩌면 그게 자연스레 나온 그 사람의 본모습이었을 수도….

연인이 되어 상대를 좋아하는 감정에 집중하는 것도 중요하지만 그보다 우선시해야 할 건 나와 맞는 사람인지 관찰할 '안목'이다. 아낌없이 사랑을 줄 나무가 되는 것도 중요하지만 이전에, 그럴 사람이 맞는지 알아보아야 한다. 사랑한다는 건 서로에게 분명 가치 있는 선택이지만 감정에 사로잡히기 이전에 내가 바라보는 그 사람의 모습도 참 중요하다는 걸 깨닫게 되었다. 그 만남 이후로 과거 연인과 헤어져야만 했던 이유는 더 이상 내게 중요하지 않게 되었다.

지구본의 같은 쪽을 바라볼 사람을 만나는 것

"연애를 많이 해 봐라." 참 귀에 딱지가 앉도록 많이 듣는 말이다. 불과 몇 년 전까지만 해도 도대체 왜? 연애를 많이 해 보라는 건지 알 수 없었다. 그리고 이성을 만날 때 단 한 번도 나 자신과 그 사람의 다름을 인정하고 만난 적이 없었다. 다르다면 그건 틀린 거야, 나랑은 전혀 맞지 않아, 재미없어 등등의 생각으로 관계를 정리하기 바빴다. 상대방의 감정과 입장은 전혀 생각하지 않은 채 참 이기적이었다. 연애도 결국 사람과의 관계인데 말이다. 왜 연애는 그렇게 이기적이었을까. 남자와 여자라는 동물의 다름을 몰랐기 때문이다. 그저 같은 사람으로서 나와 다름이 싫었다.

하지만 연애란 네모와 세모가 만나 같이 배려하고 믿어주며 새로 깎고 깎아 동그라미를 만들어가는 과정이다. 어느 한쪽으로 치우쳐선 절대 안 된다. 그 부분이 나는 참 미숙했던 것 같다. 이걸 깨닫는 과정은 쉬웠다. 내가 더 많이 좋아했던 사람을 만나서 깨달았다. 참 힘들더라, 연애라는 거. 내가 더 많이 좋아한다는 감정을 인정하긴 싫고, 상대방의 행동이 내 입맛대로 되지 않으면 그저 '그런 게 아니겠지, 아닐 거야.'라며 오로지 내 생각과 기준대로 합리화하기 바빴고 그 와중에 상대방의 행동은 늘 내 뜻과는 다르게 엇나가기 바빴다. 물론 이것도 내 기준에서.

연애를 잘하고 사람을 잘 만나 결혼이라는 결실을 본다는 것. 아직 나도 안정적으로 누군가를 정말 사랑하여 결혼이라는 단계까지 가지 못했지만, 사랑하는 사람을 만나 연애를 하고 결혼까지 간다는 건, 상대방의 생각과 감정을 이해할 수 있을 만큼 마음의 폭이 넓어야 함을 뜻하는 것임을 알게 되었다. 미성숙해서 내가 어떠한 사람에게 매력을 느끼고 호감을 느끼는지 모를수록 연애는 위험하다. 30대의 연애는 20대처럼 새로 사람을 알아가는 과정에서 호감을 느끼기 힘들다. 이미 많은 사람을 거쳤기에 그럴 수도 있고 다시금 새로 누군가를 만나 감정에 쉽게 동요되지 않기 때문일 수도 있다. 하지만 모든 사람이 아는 진리는 바로 하나다. 내가 좋은 사람이 되면 된다. 어떠한 요소이든 사람은 '끼리끼리' 만나게 되어 있다. 끼리끼리는 나쁜 의미도 좋은 의미도 아니다. 내가 아는 만큼 보이고 내가 쏟는 만큼 그 사람이 쏟는 부분이 보이기 마련이다.

나란 사람은 어떤 사람인지, 지구본에 어떤 부분을 관심 있게 보는 타입인지, 지구본에 관심 있는 건 디자인인지, 혹은 대륙의 문화, 환경, 인종을 통틀어 어떤 나라에 매료가 되는지 등 나와 그 사람의 공통분모를 알아야 할 것이다. 가장 쉽게 보이는 물질적인 것들, 즉 외모, 환경, 타고난 재능 말고 사람을 보자. 어차피 30대 정도 됐으면 20대와는 달리 인생은 결코 내 뜻대로 되지 않으며 좋은 일이 있으면 나쁜 일도 있고 나쁜 일이 있으면 좋은 일도 있다는 것을 이미 한 번쯤은 겪었을 터. 인생의 굴곡을 누구와 함께 견뎌 나갈 것인지를 고민하고 나 자신을 알아가야 한다.

냉정하게 내가 제일 우선시하는 부분과 그 사람이 가지고 있는 매력의 공통분모를 잘 엮어 세모와 네모가 만나 견고한 동그라미를 그릴 수 있도록 우리 각자의 자리에서 우리의 모습을 성장 시켜 나가자. 30대는 20대와 달리 열정은 부족할지라도 더 성숙한 연애, 더 배려할 수 있는 연애, 더 안정적인 연애를 할 환경이 충분히 마련될 수 있다. 여유는 보이는 것의 기준에서 오는 것이 아닌, 본인 마음에 달려 있다. 조급함을 버리고 나도 우리도 좋은 사람이 되자. 이 글은 남을 위한 글이라기보다 나 자신이 더 곱씹을 수 있는 글이 되기도 하겠다. 두 손 모아.

멀리서 봐도 아름다울 수 있도록

가까이서 꽃을 보며 어루만지다 보면 꽃은 금방 시들해지고 색이 바랜다. 아끼고 사랑한다면 아름다운 꽃을 지켜 줄 의무가 있다. 내가 좋아하고 사랑한다고 해서 내 멋대로 어루만지고 꺾을 수는 없다. '사랑이 처음이라서' 라는 말이 통하지 않는 나이 30대. 물론 누군가에겐 처음이 겠지만, 상대방도 처음이 아니라면 이 부분은 달라진다.

나 또한 사랑한다는 이유만으로 시간이 흐를수록 그 사람을 내 입맛에 맞춰 내 기준에 맞춰 생각하고 판단하고 그렇게 바뀌길 원했었다. 그땐 무아지경으로 상대방의 말과 행동이 내 기준에 어긋난다면 상대방에게 내 감정을 전달하기 바뺐고 울고불고 전화하고 떼쓰고 문자 보내며 그 사람이 내 말대로 행동하길 끝끝내 바랐다. 지금 생각해보면 참 부끄럽다. "이 또한 지나가리라."라는 말이 있지 않은가. 시간이 흐르면 내 상처가 아물 듯이 내가 준 상처 또한 시간이 지나면 그 사람에게 얼마나 상처였는지 깨닫게 되는 순간이 온다.

처음부터 그 사람이 나를 싫어하진 않았다. 다만 내가 좋아하고 사랑한다는 이유만으로 상대방에게 내가 원하는 대로 바뀌어 달라 말하는 순간 상대방은 어떠한 이유도 목적도 상실한 채 변화에 급급하여 해명하든, 싸우든, 버티든 결론은 늘 파국이었다. 상처가 상처를 낳았고, 말이 가진 힘은 보이지 않는 칼이 되어 서로에게 아픔만 남겼다. 사랑하는 관계로 시작했지만, 결론은 이별이었고, 누가 더 좋아하고 누가 덜 좋아하고를 떠나 이별에서 남는 건 별로 없었다. 그저 상처와 헤어졌다는 사실만 남는다. 길에서 마주쳐도 알면서 모른 척 스쳐 갈, 만나기 전의 남남이 된다.

받아들일 수 없던 시간 동안에도 '어떻게 그럴 수 있지 나한테.'라는 생각이 내 머리를 지배했다. 하지만 시간이 좀 더 지난 후에 문득 느꼈다. 살다 보니 내 말이 다 맞는 건 아니었음을. 왜 단 한 번도 '아 그럴 수도 있겠다.'라는 마음을 가지지 못했을까. 그게 그렇게 분했나? 져 주는 게 패배자가 되는 게 아닌데 그 사람과의 소통에 조금의 쉼표를 줄 수 있는 것이었는데, 내가 좋아하고 사랑한다는 이유만으로 나와 그 사람이 같을 이유는 없는데… '그럴 수도 있겠다.'라는 생각으로 마음과 감정에 거리를 둘 이유가 필요했다. 성숙한 연애는 여기서 시작되는 게 아닐까. 마음을 정리하고자 연애 관련 유튜브 몇 개를 구독해서 보기 시작했다. 그중 한 분의 유튜버는 이런 이야기를 한다. "고쳐 쓰려 생각하지 말고 남이 고쳐 놓은 사람을 만나라."

꽃을 직접 만지고 코로 향을 맡아 봐야 알 수 있는 아름다움 말고 멀리서 두고두고 소중하게 지켜주자. 적어도 내가 좋아하고 사랑하는 사람이라면 이미 그럴 만한 가치가 있는 사람이다. 그리고 그럴 수 있는, 여유 있는 사람인지… 나를 한번 관찰해보자. 아직 부족하다면 지금부터라도 많은 연애 경험을 통해 여유를 기르자. 조금 더 욕심을 낸다면 상대방 또한 그런 사람이기를 간절히 바라며 그런 사랑을 하자.

언제나, 늘, 항상 울타리는 가족

복잡한 머리가 하루빨리 정리되길 바라며 이 순간 시간이 빨리 흘러가길 바랐었다. 도저히 버틸 힘이 없어서, 울고 또 울어 그만 울어도 되는데 또 눈물이 나와서, 그만 무너져야 할 것 같아서, 나를 측은하게 바라보는 모든 이들의 시선이 견디기 힘들어서 나의 최종 목적지로 도움의 손길을 뻗은 곳은 다름 아닌 가족들이었다.

사실 부모님은 무척 보수적이다. 어릴 적 치마 한 번 제대로 입어본 적 없었고 지금도 명절에 내려가 밖에서 친구들을 만나면 10시쯤 부모님께서는 어김없이 나를 찾는다. 워낙 세상이 험하고 밤늦은 시각 여자로서 위험해질 우려가 있는 건 나도 안다. 하지만 밤늦은 시간이어서가 아니라 때로는 나를 말없이 믿어주고 이해해주는 아량 넓은(?) 부모님의 모습을 보고 싶다는 생각에 늘 불만이었다.

다른 친구들 부모님과 전화 통화를 옆에서 듣거나 직접 친구들의 부모님을 만나게 되면 친구들의 직장과 연애와 생활에 밀접하게 관심을 가지고 조언을 해주시고 혹 실수를 하더라도 질책보단 위로를 많이 해주시는 모습에 무척 부러움을 느낀다. '왜 우리 부모님은 못한 점만 지적할까, 나를 인정하시긴 할까?' 때론 나도 위로받고 싶고 공감해준다는 것을 느끼고 싶은데 그렇지 않은 부모님 모습을 보면 괜히 위축되기도 하고 어린애가 생떼 부리듯 서운하기도 했다.

하지만 이번에 악재에서 악재로 이어지는 터널을 통과하며 무사히 잘 회복해 다시 제자리로 돌아와 자리 잡을 수 있었던 건 모두 나의 가족이 있어 가능했다. 그땐 몰랐지만, 망가져 있던 내 모습을 보고 같이 아파해주며 곁에서 말없이 지켜준 버팀목 같은 가족들이 있어 지금의 내가 있는 것 같다.

신년이 되어 명절날 이런저런 이야기를 하며 음식을 만들었다. 꽤 시간이 지나고서야 남동생이 말하길, 본가의 빈 내 방에 우두커니 앉아 몇 시간을 나오지 않으셨던 아빠가 다시금 밝아진 나의 표정을 보고 남동생에게 내가 웃을 수 있어 기쁘다고 말씀하셨다고 한다. 자식의 힘든 순간을 지켜 보시며 얼마나 힘드셨을까. 갑자기 마음이 저렸다.

닥쳐올 위기에 대해 힌트를 주지 않는 방임도 사랑이었고 집착이나 질책도 모두 사랑이었다. 지난 힘든 시간을 통해 그럼에도 불구하고 내가 기댈 곳은 가족임을, 그리고 진정한 사랑의 의미는 형태가 중요치 아니함을 배웠다.

원망의 해가 아닌 감사의 해로

바닥을 치고 더 이상 주저앉을 바닥은 없겠지 했지만, 더 내려갈 바닥이 존재했다. 이겨내야 한다는 마음보단 이겨낼 수밖에 없는 상황이었다. 어쩌면 내 인생 통틀어 가장 힘들었지만 가장 필요한 시간이 아니었을까. 인생은 내가 잘하고자 한들 뜻대로 흘러가 주지 않는다는 걸 가장 뼈저리게 느끼고 배웠던 2019년.

힘겹게 이겨내고 2020년 신년에 복귀해 보니 지난 몇 년 동안 일했던 직장, 함께했던 나의 사람들과 내 가족들은 모두 감사해야 할 대상이었다. 반복되었던 일상은 따분함이 아닌 그간 나의 선택과 집중으로 일궈낸, 내 얼굴이자 결과물이었고 행복이었고 감사 그 자체였다. "세상에 한 획을 그을 수 있는 사람이 되십시오." 내가 정말 좋아하는 목사님이 하신 최근 말씀이다. 세상에 빛과 소금과 같은 존재가 되어간다는 것. 말씀이 내게 주는 영향력은 책만큼 꽤 크다.

한 주를 살아갈 나를 위한 말씀을 곰곰이 생각해보았다. 보이는 잣대가 아니라 선한 성품을 가지고 남에게 영향력을 줄 수 있는 사람이 되는 것. 좌절과 고통이 감내해야 할 대상이 아니라 지나갈 피신처라 생각하고 그다음을 위해 인내하고 기다릴 줄 알아야 한다는 것. 어른이 된다는 것은 보이는 것에 당장 현혹되어서는 안 된다는 것. 적어도 내가 바라보는 인생에 대한 관점이 바뀐 부분과 일맥상통했다. 세상의 기준이 아닌 세상의 정의가 아닌 세상의 속도가 아닌 오롯이 나의 기준, 나의 정의, 나의 속도로 주어진 시간 속 삶을 살아간다는 것. 이 모든 것을 깨닫고 수긍하고 그렇게 오늘 이 순간도 한 발짝 전진해 보고자 한다.

의연하게 나의 40살을 맞이해보기

       '벌어지지도 않은 일을 꿈꾸고 상상해라? 터무니없는 소리 같으니라고.' 이것이 작년의 내 생각이었다. 이루고 싶은 일을 꿈꾸며 살라고 하는 것만큼 무책임한 말은 없다고 생각했다. 지금은 반대다. 인생에 있어 너무나 중요한 말이다. 꿈을 꾸며 살아간다는 것. 내 인생의 앞날을 설계할 수 있다면 기대할 만한 일이 떠오를 것이고 그렇다면 그 기대감에 조금이라도 부풀어 하루하루 시간을 마주하며 사는 순간이 남들과는 다르지 않을까?

       20대에는 30대가 정말 오지 않을 것만 같았다. 하지만 30대가 보기보다 빨리 찾아왔고 30대가 되니 훌쩍 33살이 되어버렸고 40대는 더 빨리 오겠구나 하는 생각이 들었다. 목적 없이 살다가 40대의 내 모습을 상상하니 갑자기 생각이 많아졌고 어떻게 40대를 맞이해야 할지 걱정 반 설렘 반이 되었다.

살아간다는 것, 참 잘 살고 싶은데 그럼 어떻게 살아야 할까? 〈한끼줍쇼〉라는 프로그램에서 이경규, 이효리, 강호동이 어린아이와 인터뷰하는 것을 본 적이 있다. 훌륭한 사람이 되라고 조언하는 이경규 씨를 등지고 이효리 씨가 한마디 했다. "뭘 훌륭한 사람이 돼. 그냥 아무나 돼." 명언이란 건 명쾌한 언어라서 명언이란 걸까. 이효리 씨의 말을 들으며 가슴이 뻥 뚫렸다. 세상이 정해 놓은 기준 말고 오직 나와의 약속 아래 살아가는 것. 살아가다 보면 삶은 태도가 된다. 나 자신을 잘 다스리며 살아가다 보면 나의 모습은 더 선명해지고 그렇게 40대를 맞이할 수 있지 않을까?

Part 4 ·

개 같은
세상에서
의연하게 대처하기

시끄러운 세상에서 휘둘리지 않는 법

30대가 되면 온전히 내가 원하는 대로 살 줄 알았다. 하지만 20대든 30대든 내 마음대로 되지 않는 게 인생이고, "그지 같다."라는 말을 살면서 많이 하게 되기도 한다. 세상을 내가 원하는 대로 바꿀 수 없다면, 나 스스로가 중심을 잡고 잘 보내야 한다. 남들에게 휘둘리지 않고 온전히 나로 살기를 희망하는 이들이 진짜 제대로 인생을 살아볼 수 있도록 나답게 잘 사는 방법에 대해 이야기를 나눌까 한다.

'해 볼까' 하지 말고 '해 보자'

　　　　해도 괜찮을까? 너무 늦은 거 아닐까? 실패하면 어떻게 하지? 내가 생각했던 게 아니라면? 우린 무언가 시작하기 전에 많은 고민을 하고, 미리 걱정한다. 어떤 일을 시작한 다음에 일어날 일들은 아무도 알 수 없는데 꼭 그런 일이 일어날 것처럼 이야기하고 확신을 하며 스스로 생각한 것을 포기하고 미룬다. 하지만 인생이 내가 생각했던 대로 된다면 그 누가 실패를 하고, 새로운 도전을 할까?

　　이제 겨우 서른셋인 내 인생도 사실 오늘도 내일도 앞으로도 어떤 일이 생길지 모른다. 지금 하고 있는 일이 중단될지 아니면 더 잘 될지 또는 새로운 무언가가 필요하게 될지

장담할 수 없다. 지금에야 하는 말이지만, 난 요즘 소위 말하는 N잡러가 나를 대표하는 단어 중에 하나가 될지 몰랐다. 하나의 직업이 아닌 다양한 직업을 가질 수 있었던 이유는, '해 볼까?' 하고 고민만 했었던 20대의 마지막인 29살부터 '해 보자.'라는 마인드를 가졌기 때문이다. 내 인생이 100% 성공한 인생이라고 할 순 없지만, 최소한 난 기회가 왔을 때 놓치지 않으려고 했다.

인생에 알게 모르게 꽤 많은 기회가 우리에게 온다. 하지만 그 기회를 진짜 내 것으로 만드는 사람은 많지 않다. 왜 그럴까? 간절하게 기다려 온 기회… 잡으면 되는 거 아닌가? 하고 생각할 수 있지만, 실제로 기회가 왔을 때 충분히 준비되어 있지 않아 놓치게 되기 때문이다. '왜 내 인생엔 기회가 없을까?', '왜 이렇게 힘들기만 할까?'라고 생각하기 전에 한번 생각을 해 보자. 내가 누군가로부터 기회를 얻거나 혹은 무언가 도전할 기회를 접하게 되었을 때 선뜻 "제가 해 볼게요."라고 했던 적이 있었는지… 그런 적이 없었다면 왜 그랬는지를 말이다. 단지 시작이 두려워서? 매력적인 제안이 아니라서? 이런 핑계를 대기 전에 당시에 자신이 어땠는지부터 판단을 해 봤으면 한다.

무언가 시작하는 데 두려움이 있던 시절, 20대의 나도 그랬다. 누군가 나에게 제안을 주거나 어떠한 일을 할 수 있는 공고나 그런 걸 봤을 때 나 스스로 합리화해 버렸다. '혹시… 시작했다가 안 되면?', '나보다 더 뛰어난 사람들이 많을 텐데 내가 될까?' 하는 생각으로 이와 관련된 다른 경험을 쌓고 그다음에 해 봐야지 했다. 그렇게 합리화하고 진짜 다시 도전했느냐고 묻는다면, 대답은 "아니요."다. 이미 그렇게 합리화하면서 그 기회를 잊어버리기 때문이다. 물론 그걸 발판으로 해서 더 열심히 할 수 있지만, 사람이라는 게 '뭐 더 좋은 기회가 오지 않을까?' 하는 희망을 품게 되기 때문에 지난 기회는 나에겐 온 기회가 아니라고 여기는 경우가 많다.

고민하지 말자. 물론 무턱대고 하고 싶다고 할 수 있는 건 아니지만, 고민만 하다가 포기하는 건 한 번뿐인 인생에 시간만 흘려보내게 되는 것일 뿐이다. 내가 원하는 게 있거나 하고 싶은 게 있다면, 그와 관련된 능력을 키워 어떤 기회가 와도 잡는 사람이 되자. 사실 난 사진을 배운 적도, 영상 촬영하는 법을 배운 적도 없었다. 그런데 여행 작가, 마케터가 되고 보니 영상과 사진을 할 줄 아는 사람이 되어야 했다. 그래서 잘하는 사람을 찾아다니며 물어보며 영상 편집을 배우고, 수천수만 장의 사진을 촬영하면서 구도가 뭔지, 색감이 뭔지, 보정을 어떻게 해야 하는지 스스로 터득했다. 그 덕분에 또 하나의 직업인 영상 편집자로서도 일을 하게 되었다. 만약에 내가 새로운 도전을 하지 않고 있었다면 N잡러는 나와는 먼 단어가 되었을 거다.

나의 20대는 주저하고 스스로를 잘 몰라서 남을 따라 살았던 시간이 길었다. 그래서 나의 30대는 지난 시간만큼 더 많은 걸 하며 내 인생에 보상하고 싶었다. 20대에 그렇게 고민하고 포기했던 일들 중에는 시간이 지날수록 더 간절해지는 게 많았다. 어차피 내 인생이라면 후회를 하더라도 주저하지 말고 해 보는 게 낫지 않을까 싶었다. 실패를 하더라도 해 본다면 비록 실패는 했지만 그래도 해 본 경험자가 되는 거니까 말이다. 그리고 실패를 한들 내 인생이 무너지지도 않고, 내가 실패자가 되지도 않는다. 20대를 시작하면서 각자 진짜 어른으로서 많은 고민을 하겠지만 서른셋인 나도 여전히 어른이 아닌 '어른아이'일 뿐이다. 그러니 실패를 하면 안 된다는 생각은 버리자. 우리 모두 오늘도 지금도 처음 사는 인생이고 순간이다.

완벽하게 하루를 보내려 하지 말자. 아무것도 하지 않은 채 기회가 올 거라는 기대도 하지 말자. 완벽함을 쫓다 보면, 진짜 내가 아닌 그럴듯한 척을 하고 있는 내가 되고, 하고 싶은 게 있음에도 타인의 시선과 잣대로 인해 다양한 경험이 아닌 제한적인 경험만 하는 사람이 될 테니 말이다. 기회가 왔음에도 해 보지 않고 기회를 잡지도 않고 다음 기회를 기대하는 욕심 많은 사람으로 20대를 보내지 않길 바란다. 아무것도 하지 않은 사람에게는 기회가 쉽게 오지도 않을뿐더러 대단한 기회가 주어지지도 않는다.

미련을 둔 채 관계를 이어가지 말자

연인, 친구, 동료 등 우리는 인생에서 정말 다양한 관계를 만들며 살아간다. 태어나서부터 가족이라는 관계를 맺고 시작하며 가지치기하듯 새로운 관계를 만들고, 이어가기도 했다가 끊기도 했다가 한다. 10대 때까지만 해도 관계를 형성하게 되는 장소가 한정적이었다면 20대가 되면서 진정한 인맥을 하나씩 만들어가게 된다. 살아가면서 사람 때문에 울기도 하고 웃기도 하는 만큼 관계가 우리 인생에 미치는 영향은 생각보다 크고 넓다. 20대에는 관계를 맺는 모든 사람들이 좋은 사람들이고 그들과 평생 갈 것이라고 기대하고 생각하지만, 서른셋이 되고 보니 그 속에서도 미련을 가지지 말아야 할 관계나 사람은 있었다.

좋은 관계를 맺는 이유 중에서 가장 큰 부분은 '내 인생에 조금이라도 도움이 되지 않을까?' 하는 생각 때문이 아닐까 싶다. 실제 우리는 이런 기대 때문에 사소한 일로 관계가 틀어지기도 한다. 나 역시 지금도 여전히 어른이 되어 가는 중이지만, 여전히 20대를 살아가고 살아갈 그대들이 꼭 기억했으면 하는 게 있다. 바로 관계에서 잊지 말아야 할 4가지이다.

첫째, 20대에 맺는 인연에 모든 걸 다 줄 것처럼 하지 말자. (연애 또한 마찬가지다.)

스무 살이 되면 꽤 많은 사람들이 환상을 갖고 연애를 시작하지만, 실제로 연애가 환상 가득한 것처럼 좋은 것만은 아니라는 걸 곧 알게 된다. 최근에는 데이트 폭력과 같이 사랑으로 가득해야 할 연애가 멍과 피로 물들어 버리는 상황도 생기고 있다. 꼭 이런 이유 때문만은 아니지만 연애에 목숨을 걸지 말자. 거짓말하는 사람, 우선인 게 많은 사람, 성격이나 가치관에 이해할 수 없는 부분이 많은 사람 등 받아들일 수 없는 부분이 있다면 미련을 갖지 말고 관계를 정리해야 한다. 미련을 갖는 순간부터 나의 소중한 시간이 버려지고 있음을 기억하길 바란다.

둘째, 좋은 사람이 아닌 괜찮은 사람이 되자.

많은 사람들이 좋은 사람이 되고 싶어 한다. 좋은 사람? 우리가 말하는 좋은 사람의 기준은 사실 명확하지 않다. 내가 생각하는 좋은 사람은 보통 내 의견이나 가치관이 비슷하고 모나지 않으며 모든 사람들과 두루 어울릴 수 있는 그런 사람이다. 하지만 모든 사람들이 생각하는 좋은 사람의 기준은 조금씩 차이가 있기 때문에 모두에게 좋은 사람이 되기는 쉽지 않다. 하지만 20대 사회생활을 하면서 우린 좋은 사람이 되기 위해 "Yes"만 하기도 하고, 뚜렷한 의견이 없이 다수의 의견을 따라가는 사람이 되기도 한다.

나 역시도 그랬다. 어렸을 때부터 좋은 사람이 되어야 하고, 착한 사람이 좋은 거라는 이야기를 들었기 때문에 나와 맞지 않더라도 날 아는 모든 사람들에게 좋은 평을 받는 사람이고자 했다. 그런데 시간이 지날수록 내 의견을 말하는 사람이 아닌 남을 따르는 사람이 되었고, 남들에게는 좋은 사람일지 몰라도 나 스스로는 불편함을 느꼈다. 그래서 모든 이에게 애쓰지 않지만, 기억에 남는 괜찮은 사람이 되고자 했다. '좋은'이 지닌 무게를 내려놓으니 '괜찮은 사람'이 될 수 있었다. 좋은 사람이 되지 못해도 인생을 살거나 인간관계를 만드는 데 큰 문제가 되지 않는다. 그러니 너무 애쓰며 가면을 쓴 좋은 사람이 되려 하지 말자.

셋째, 모든 사람이 나를 좋아했으면 하는 기대는 내려놓자.

인생을 살면서 모든 사람이 좋아하는 사람을 찾긴 쉽지 않다. 하지만 많은 사람들이 '안티'가 없으면 좋겠고, 다 날 좋아해줬으면 한다. 그 누구도 100% 완벽한 사람이 없듯이 모두가 날 좋아했으면 하는 기대는 버리는 게 좋다. 모든 사람이 아니라 진짜 내 사람 3명만 있어도 성공한 인생이라고 하니 모두에게 에너지를 쏟으며 애쓰지 않았으면 한다. 그렇게 애쓴다고 해도 각자의 바쁜 삶을 사는 사람들은 나에게 관심이 없거나 내가 애쓴다는 것을 몰라줄 수밖에 없다.

넷째, 아닌 걸 알면서 붙잡고 있지 말자.

인간관계에서 가장 어리석은 행동 중에 하나가 나 스스로 아닌 걸 알면서 붙잡고 있는 거다. 타인의 관계는 아니라고 판단했을 때 명확히 정리해 주면서 정작 내 관계에서는 분명하게 하지 못하는 사람들이 꽤 많다. 나 또한 그랬다. 그런데 시간이 지나고 보니 아닌 건 아니었고, 붙잡고 있어도 언젠 간 끝나는 관계이며 결국엔 시간 낭비였음을 알게 됐다. 인생을 살면서 정말 다양한 사람을 만나는데 '미련' 때문에 내 소중한 시간과 에너지를 낭비하지 말자. 관계에서 때론 과감함도 있어야 함을 그리고 그 과감함이 오직 날 위해서 사용되어야 할 때도 있다는 걸 기억했으면 한다.

잘 쉴 줄 아는 사람이 되자

초등학교 때부터 시작해서 대학교, 사회생활로 이어지는 인생 대부분을 우린 꽤나 열심히 산다. 특히 20대에는 공부도 하고 다양한 활동을 하면서 사회생활도 맛보게 된다. 일반적으로 뭐든 열심히 해야 하고, 사람들도 놀기보단 무언가를 열심히 하라고 한다. 그런데 사람이 매일같이 열심히 일을 하고 공부를 하다 보면 과부하가 오게 되고 열심히 하던 것을 내려놓는 상황이 생긴다.

20대 때 난 원하는 대학에 가지 못해서 4년 내내 조급한 나머지 새로운 무언가를 계속 찾으며 능력을 갖추기 위해 치열히 살았다. 그러다 어느 순간 쉴 수 있는 여유가 있음에도 계속해서 무언가를 하고 또 찾으며 쉼 없이 시간을 보내면서 쉬는 게 어색하다는 생각을 했다. 그런데 문득 나보다 앞선 사람들이 열심히 무언가를 하다가도 자기 자신을 위해 쉰다는 것을 알게 됐다. 어느 정도 자신만의 무기가 갖춰졌으니까 쉴 수 있는 여유가 생긴 걸까? 쉬어도 불안하지 않을까? 이런 생각에 그들에게 물어보니 대답은 뜻밖이었다.

"잘 쉬어야 에너지가 생겨."
"아무것도 하지 않을 때 오히려 아이디어가 생기기도 해."
"내가 하고 있는 일을 잠시 떨어져서 보면 뭐가 문제인지 보이고 어떤 속도로 해야 할지 스스로 정리할 수 있게 돼."
"잠시 쉰다고 지금까지 내가 한 일들이 없어지는 거 아니잖아?"

조급함을 내려놓아야 하며, 하고 있는 일이 내가 진짜 원해서 하는 거라면 너무 애쓰며 하지 말고 잘 쉬기도 해야 한다는 거다. 그렇다면 잘 쉬는 건 어떤 걸까? 무턱대고 정말 아무것도 안 하고 쉬기도 해 보고, 자주 머무는 곳이 아닌 조금은 벗어난 새로운 장소를 찾아서 쉬기도 해 봐야 한다. 지금 하는 일의 연장선이 아닌 새로운 무언가를 한다는 생각을 느낄 수 있도록 해 주는 것이 필요하다.

사람은 새로운 장소에 가면 약간의 긴장과 함께 설렘을 느끼는 만큼 이 설레는 감정을 잘 활용해 잘 쉬었으면 한다. 모든 순간 열심히 하는 것이 아니라 때로는 적당히 하기도 하는 인생을 보냈으면 한다. 모든 걸 다 열심히 하진 말자. 100세 시대고 이제 겨우 1/3도 되지 않은 시간을 보낸 만큼 꾸준히 잘 쉴 줄 알아야 끝까지 인생을 잘 보낼 수 있다.

주변 지인들을 보면 휴가가 있거나 퇴사를 하고 쉴 수 있는 시간이 있음에도 바로 재취업을 하는 경우가 꽤 많다. 예를 들어 3년의 직장 생활 후 퇴사함과 동시에 다음 회사의 입사일이 정해져 온전한 쉼 없이 달려가는 사람들이 꽤 많다. 지인들에게 물어보면 하나같이 하는 말이 "쉬고는 싶은데 쉬다가 취업이 안 될까 봐.", "쉬는 것도 하루 이틀이지 딱히 하고 싶은 것도 없어서.", "같이 쉴 수 있는 사람이 있으면 좋은데 혼자 쉬면 재미없잖아."였다.

어차피 인생은 혼자가 아닐까? 가족을 제외한 우린 각자의 인생에 관계를 만들기 전까지 혼자인 삶인데 온전히 혼자 잘 쉬는 법을 아는 사람은 많지 않다. 안타깝게도 꽤 많은 사람들이 이렇게 이야기한다. 쉬는 것에 대한 두려움과 쉬는 순간 남들보다 뒤처질 것 같은 걱정에 완벽한 '쉼'을 하지 못한다. 몇 년 혹은 몇십 년을 쉬는 게 아닌데 잠시의 쉼조차 걱정한다. 매 순간 완벽한 삶을 살 수 있는 게 아니니 완벽해지려고 애쓰지 말고, 순간순간을 만족할 줄 아는 사람이 되었으면 한다.

물론 나도 매 순간 완벽히 잘 쉰다고 할 순 없지만 혼자 보내는 여행, 혼자 하는 식사가 이젠 크게 불편하지 않다. 처음이 어렵지 몇 번 하다 보면 어느 순간 온전한 혼자만의 시간이 필요할 때가 생기고, 그 시간을 찾게 되고 즐기게 된다. 혼자 하는 것에 대해 그리고 쉬는 것에 대해 두려워하지 말자.

20대로 돌아간다면 뭘 하고 싶냐고 묻는다면, 더 많은 경험을 하고 열심히 놀고 싶다. 열심히 놀지도 그렇다고 모든 순간이 완벽할 정도로 후회 없이 열심히 했던 것도 아니었기에 나의 20대는 애매했고 아쉬움도 많이 남는다. 잘 쉬기라도 했더라면 좋았을 텐데. 잘 쉬는 법을 이제야 아는 서른셋의 미완성 어른이기에, 20대를 지나 30대를 시작할 그대들은 내 삶의 애매했던 순간을 경험하지 않았으면 한다. "정말 잘 쉴 줄 아시네요."라는 말을 듣는 사람이길 바란다. 잘 쉬었을 때만이 나 자신 혹은 내 일에 어떤 문제가 있는지 다른 시각으로 볼 수 있게 된다. 그러니 잘 쉬는 것도 능력이다.

존버 가능하세요?

　　　　성공한 사람들을 보면 대부분 이것을 가지고 있었다. 내가 존경하는 부모님 또한 힘들고 그만두고 싶을 때도 있었겠지만 한 직장에서 정년 퇴임을 하셨고, 비록 내가 원하는 삶이 아닐지라도 존경해야 하는 부분이다. 성공을 꿈꾸는 사람들이 잊고 있는 한 가지가 있다. 바로 흔들림 없이 성공하는 사람들의 특징인 '꾸준함'이다. 우리는 '빨리' 문화에 익숙해져서 새로운 것이나 변화에 빨리 적응하고 받아들이려고만 한다. 물론 능력이 뛰어나면 당연히 성공에 이르는 시간이 좀 더 단축되겠지만, 꾸준함이 없다면 성공을 유지하기가 쉽지 않다. 그만큼 우리 인생에서 꾸준함이 중요하다.

마케터, 여행 작가, 영상 편집자 등으로 일을 하다 보니 정말 다양한 사람을 만난다. 특히 코로나19로 전 세계가 위기이며 그중 여행 업계는 90% 정도의 적자를 보는 상황에서도 꾸준히 일을 하고 수익을 내는 지인들을 보게 되는데, 그들의 공통점은 딱 하나 바로 '꾸준함'이었다. SNS 채널 이용의 급변화로 많은 사람들이 네이버 블로그를 이용했다가 인스타그램으로, 그다음엔 유튜브로 옮겨 갔지만 그런 변화 속에서도 꾸준히 블로그를 운영하고 인스타그램을 하면서 누구도 따라잡을 수 없는 자신만의 콘텐츠로 성공한 이들 역시 '꾸준함'을 갖춘 사람들이었다.

사실 온라인 마케터가 되고 싶다거나 디지털노마드가 되고 싶다는 사람들은 꽤 많은데, 그들이 간과하는 하나가 바로 온라인 마케터나 디지털노마드도 꾸준함 없이는 오래 할 수 없다는 것이다. 대부분의 사람들이 '성공'이라는 결과만 보고 부러워한다. 유튜버 성공 사례가 늘고 수익이 공개되면서 유튜버에 도전하는 사람들이 늘어났지만, 나도 하면 저렇게 벌 수 있겠지? 하는 마음으로 수익만 보고 뛰어들었다가 포기한 사람들이 거의 99%이며, 1년을 꾸준히 하는 사람은 10%도 되지 않는다고 한다. 그 어떤 성공도 쉽게 단기간에 이루어지지 않음을 알아야 한다. 남의 성공이 쉬워 보여도 그들에겐 '꾸준함'이라는 강력한 무기가 있었기 때문에 가능했던 것이다. 실제로 BTS가 전 세계적으로 유명해지고 성공한 아이돌 그룹이 될 수 있었던 이유 역시 데뷔 초반 유명해지기 전부터 꾸준히 쌓아온 콘텐츠, 팬들과 소통하는 활동 때문이다.

성공만 부러워하고 결과만 보고 무턱대고 '나도 할 수 있겠네.' 하는 마음으로 덤비지 말자. 쉽게 생각했다가 큰코다치는 게 바로 꾸준함이고, 꾸준함으로 성공과 실패가 나뉘기도 하니까 말이다. 시작을 하는 것도 쉽진 않지만, 시작을 해서 최소 6개월간 꾸준히 하는 것은 더더욱 쉽지 않다. 많은 사람들이 꾸준함에 약하기 때문에 이를 알고 있는 사람들은 모임을 만들기도 한다. 서로 독려하며 동기 부여를 하고 벌금도 걸으면서 꾸준히 무언가를 해 나가려 노력한다. ○○크루, ○○스터디, 미라클 모닝 등의 모임들이 여기에 해당한다.

원하는 것을 위해 '꾸준함' 앞에서 고민하지 말자. '내일 할까?' 하며 꾸준함을 시험 들게 하는 순간 당신의 성공은 내일이 아니라 내년으로 미뤄질 수 있다. 프리랜서가 되고 싶거나 하고 싶은 게 있다면, 자기 자신에게 이렇게 물어보자. '나는 꾸준히 최소 6개월을 할 수 있는가?'

난 왜 안 되지? 하고 고민을 했었다. 상황을 탓하고, 내 능력이 부족하다며 핑계를 댔었다. 하지만 알고 보니 내가 문제였다. 빨리빨리에 익숙해 조금만 하면 금방 성공할 줄 알았다. 왜 안 되는 걸까? 하고 먼저 고민하지 마세요. '왜'를 고민하기 전에 내가 무언가를 함에 있어서 '꾸준함'이 있었는지를 보세요. 우리가 실패하는 것은 남들보다 능력이 없어서가 아니에요. 단지 꾸준히 하지 않은 채 맛보기만 하고 포기하기 때문이에요. 꾸준히 해 보세요. 쉬울 것 같지만 가장 어렵고 힘들어요. 하지만 이것이 누구나 할 수 있고, 가장 확실하게 성공할 수 있는 방법입니다.

어차피 그만둘 수 없다면

나이를 먹는다는 것은
인생과 타협하는 일이 많아진다는 것

서른셋, 어느새 30대 중반에 들어섰다. 생활 여건이 좋아지고 경제적인 여유가 점점 생겨나면서 20대에 비해 금전적으로 나아졌으나, 한 가지 약해진 것이 있다. 거창하게 말하자면 정의감이랄까? 사회 초년생 때는 회사에서 발생하는 불합리함, 아닌 것에 대해 반론을 제기하는 나의 목소리가 컸었다. 마치 내가 테레사 수녀가 된 것처럼 목소리를 키워 부당한 일을 겪는 타인을 위해 나서서 대변해줬고, 그렇게 모든 사람에게 좋은 사람이고 싶었다. 그러나 수많은 사회 경험과 인생 공부를 통해 어차피 바뀔 수 없는 일이라면 계란으로 바위 치기라는 생각이 들면서, 나의 안정적인 삶 영위를 위해 묵인하는 일이 많아졌다.

역사적으로도 이런 일들은 비일비재하다. 우리나라를 지키기 위해 맞서 싸운 독립운동가들의 후손들 중에는 현재까지 어려운 삶을 살고 있는 분들이 많고, 나라를 팔아먹은 친일파의 후손들은 현재까지 대대손손 떵떵거리며 잘살고 있다. 그런 사람들은 벌을 받아야 하지만 인생이 말도 안 되게 흘러가고 있다. 허무하게도 우리 인생은 똑같은 이치로 흘러가는 것 같다. 살아 보니 정의를 위해 싸우다가 피해를 보는 것은 결국 나 자신이더라. 그런 일들이 반복되다 보니 나는 점점 말을 하지 않는 방법을 배우게 되었다. 그렇게 튀지 않게 조용히 살다 보니 중간은 가게 되었고 나도 피해 보는 일이 점차 줄어들게 되었다. 좋게 말하자면 인생의 타협점을 찾은 것이고, 솔직하게 말하면 비겁해진 것이다.

현재는 지켜내야 할 것이 나 자신밖에 없기 때문에 고려해야 할 사항이 적으나, 앞으로 나이를 한 살 한 살 더 먹을수록 가정, 내 아이 등 내가 책임져야 할 요소들이 늘어날 것이다. 그때 나는 더 비겁해져 있을 것이다. 지킬 게 없는 현재도 벌써 비겁해져 있으니⋯ 살아 보니 정의감도 좋지만 스스로를 지켜낼 정도의 힘과 권력이 없다면, 묵인하는 것도 나 자신을 지켜낼 수 있는 방법이라고 생각한다.

사회생활을 하며 타협점을 찾다 보니 "저 억울해요."
라는 말보다는 고깝더라도 "죄송합니다."라는 말로 일
단락하고, 알고 있는 소문에 대해 "아, 그래요?" 하고
모르는 척하며, 나를 싫어하는 직장 동료에게도 능청
스럽게 다가갈 여유와 배짱이 생겼다.

내 우울감을 타인과 공유하지 말자

달의 뒷면을 알 수 없듯이 사람의 어두운 면도 알 수가 없나 보다. 자존감이 높고 밝아 보였던 인기 개그맨의 안타까운 소식. 나만 괴롭게 지내고 있나 하는 생각이 간혹 들 때가 있는데, 다들 밝은 척하며 버티고 있던 거다. 대한민국은 자살공화국이라고 불린다. OECD 국가 중 자살률로 15년째 1위를 하고 있으며, 최근에는 SNS에서 오는 상대적 박탈감, 우울감 등으로 더 많은 사람들이 스스로 생을 마감하고 있다. 그렇다면 우리나라는 왜 이렇게 우울증으로 인한 자살률이 높을까?

사람이라면 누구나 크고 작은 우울감을 느낄 수 있지만,

우울증 환자의 경우 지인에게 우울증이란 사실을 섣불리 알리기 쉽지 않다. 누군가에게는 가십거리가 될 수도 있고, 그런 이야기를 듣기 싫어하는 사람도 있을 수 있어 혼자 끙끙 앓는 경우가 허다하다. 실제 나도 회사에서 어떤 직원이 오래 살고 싶지 않다고 이야기했을 때 다른 직원이 "아, 그럼 뒤 지시던지요."라고 아무렇지 않게 말하는 것을 현장에서 들은 적이 있다. 그저 남의 아픔을 짜증 나는 한탄쯤으로 폄하하는 사람들 때문에 오랫동안 방치하는 경우 매우 위험하다. 특히 타인의 위로와 공감을 통해 아픈 마음을 치유하는 사람한테 저런 식의 말을 했을 경우, 더욱더 치명적일 수 있다. 마음의 여유가 없고 각박한 세상 속에 살고 있다지만 참 야박하다.

한편으로 우리 사회가 앞으로 더했으면 더했지 덜하지 않을 거라는 생각이 든다. 남을 챙길 여유가 없는 세상 속에서 사는 만큼 우울하거나 마음이 공허할 때 다른 사람을 통해 치유하려고 하기보다는 스스로 극복하려는 노력이 필요하다. 나도 한때는 나의 우울감을 타인의 위로를 통해 해결하려고 했다. 그러다 어느 순간 제 살 깎아 먹기라고 느꼈고 우울감을 극복하기 위해 퇴근 후 하루 몇 시간씩 운동을 하고, 피포페인팅을 사서 아무 생각 없이 색칠을 한다든지 다양한 방법을 찾아봤다. 그러나 결국 제일 좋은 해결책은 하나였다. 긍정적 주문을 스스로에게 거는 것. 업무가 너무 많아 힘들면 "아, 내년에는 얼마나 일을 안 주려고 올해 이렇게나 많이 준대!" 하고 외치고, 회사 생활이 지겨울 때는 플렉스 하며 빚을 갚기 위해 회사를 다닌다는 마음으로 긍정적으로 생각하려고 노력했다.

식물을 키우며 긍정적인 말을 많이 하면 식물이 잘 자란다. 나도 나 자신에게 긍정적인 말들을 자꾸 하니 어느 정도 우울했던 감정들이 많이 해소되었던 것 같다. 인간은 어차피 죽을 때 주머니 없는 수의를 입고 혼자 간다. 내 맘을 알아주는 것도 나 자신밖에 없다. 내가 나의 친구이고 가족이다. 나 자신을 토닥이는 연습을 하며 사는 것이 낫다. 지금까지 사시느라 모두 수고했어요!

결이 다른 사람을 굳이 안고 갈 필요는 없어

어린 시절 학교라는 굴레 아래 모두 다 똑같은 교복을 입고 똑같은 환경 속에서 서로 다른 것을 모른 채 인간관계를 형성한다. 20대에는 대학교 서열 때문에 약간의 서열 체계가 있기는 하나 크게 차이가 나지 않기 때문에 역시나 서로 다름을 인지하지 않은 채 비교적 순수한 인간관계가 성립된다. 그러나 점차 나이를 먹으면서 직업에 따라, 연봉에 따라, 신랑의 직업에 따라 집단 내에서 서열이 나뉘기 시작한다.

나는 그러지 않을 줄 알았는데 서른 중반에 접어든 지금, 비슷한 환경에서 살아가는 친구들이 대거 내 옆에 포진되어 있고, 약간 다른 삶을 사는 친구들은 또 그 영역에서 새로운 무리를 이루며 지내고 있다. 아무래도 결혼한 친구들은 만나면 육아 이야기, 시댁 이야기가 주를 이루기 때문에 미혼인 나와는 공감대 형성이 어려울 수밖에 없다. 더구나 유부녀 친구 중 한 친구가 시집을 가서 잘 살고 다른 친구가 잘 못 사는 경우 극명한 차이 때문에 주변 사람들까지도 불편해지고는 한다. 그래서 어느새 나도 유부녀 친구가 많은 모임에는 바쁘다는 핑계로 점차 나가는 횟수를 줄이고 있고, 현재 썸 타고 있는 남자의 이야기, 직장 상사 욕 등의 공감대 형성이 되는 미혼인 친구들 집단에 자주 나가게 된다.

끼리끼리 집단은 친구 관계뿐만 아니라 회사에서도 형성된다. 직급이 서로 비슷한 사람끼리 몰려다니거나, 회사에서 인정받는 에이스들끼리 몰려다니거나, 까불이 취급을 당하는 친구들끼리도 삼삼오오 그들만의 집단을 형성한다. 이성 관계에 있어서도 마찬가지이다. 드라마에서나 신데렐라 판타지가 있는 것이지 실제 나와 비슷한 환경에서 자라 비슷한 직업을 가지고 있는 상대를 만나는 케이스가 제일 많다. 실제 나도 소개팅을 나갔을 때 능력이 출중한 남자를 만난 적이 있는데 대화하는 게 너무 어려웠다. 경제, 시사, 외국 문화 등이 대화의 주를 이루고 있어 하품 나오는 것을 간신히 참았던 기억이 있다.

자고로 인간관계는 내가 만났을 때 편안함을 주는 사람과 결국 계속 가는 것 같다. 20대에 나는 주변 사람들이 "너는 왜 이렇게 친구가 많아?"라고 물어볼 정도로 친구가 많았다. 그게 내 자부심이라고 생각했고 내 자산이라고 생각했다. 그런데 나이를 먹다 보니 퇴근 후 밤늦게까지 클럽에 가서 술 먹자는 친구와 놀아줄 체력이 없어 조용히 커피 마시러 가자는 친구와 더 많이 만나게 되고, 남자들과 미팅하자는 친구보다는 볼링을 치거나 운동을 하러 가자는 친구를 더 많이 만나게 되며 내 성향에 따라 인간관계가 어느 정도 형성이 되었다. 20대엔 대인관계 형성에 집착을 했다면, 30대에는 대인관계의 편안함을 더 찾게 되는 것 같다.

20대의 청년들이 자신과 성향이 맞지 않는 사람에게 맞추기 위해, 그들과 관계를 유지하기 위해 스트레스 받지 않았으면 좋겠다. 어차피 대인관계는 끼리끼리 가게 되어 있다.

20대에는 친구 수가 많은 것에 집착을 했다면, 30대에는 내 사람의 깊이에 대해 많이 생각하게 된다. 나와 다른 사람에 대해서 스트레스까지 받아 가면서 이해하려 하지 말고 놓아 줘라. 어차피 인간관계는 끼리끼리 엮이게 된다.

내가 날 미워하는데 누가 날 사랑하겠어

30대는 여자이건 남자이건 대한민국에서 살아가기가 생각보다 쉽지 않은 것 같다. 어리다고 볼 수도 없고 그렇다고 어른이라고도 볼 수 없는 것 같은데 그래도 어른이라는 타이틀 아래 책임져야 할 것들이 점점 많아지지만 아직은 혼자 감당하기에는 벅찬 나이이다. 빠르면 20대 중반, 늦으면 20대 후반에 대한민국 청년들은 사회에 첫발을 내딛게 되는데 다들 장밋빛 인생을 생각하며 시작하지만 현실은 냉혹하다.

부모님도 나를 그렇게 혼내 본 적이 없는데 직장 상사는 하루가 멀다 하고 나를 갈구고, 세금을 떼고 나면 내가 일한 시간에 비해 생각보다 많지 않은 월급에 대한 현타. 온실 속 화초처럼 지냈던 어린 시절과 달리 사회 경험을 통해 인생의 쓴맛, 패배감을 처음 맛보게 되면서 나의 자존감은 자연스레 바닥으로 고꾸라진다. 그러면서 부정적인 기운들이 나의 온몸을 감싸게 되며 점점 나 자신을 사랑하지 않게 된다. 일어나지 않은 일에 대해 쉽게 포기하게 되고, 모든 일을 한 번 더 꼬아서 생각하게 되며, 자기 자신에 대한 비하 횟수가 늘어나게 된다. 내가 닮고 싶지 않았던 어른의 모습이 점점 되어가고 있는 것이다.

그렇게 자기 스스로를 퇴색시키고 미워하게 되면서, 모순되게도 타인은 나를 사랑해 주기를 바란다. 내가 나를 사랑하지 않는데 누가 나를 사랑하게 되겠는가? 그런 모습조차도 사랑할 수 있는 사람은 세상에 오직 나를 낳아 주신 부모님뿐이다. 매사가 불평불만인 사람과 부정적인 영향을 주는 사람을 지인으로 둔다면 자연스레 멀리하게 되어 있다.

나는 올해 회사 생활이 유난히 힘들었다. 엄청 강도 높은 업무량으로 손목은 남아날 틈이 없었고, 병원에 갔더니 장 시간 업무로 이미 거북목 디스크가 진행 중이니 관리를 해야 한다고 했다. 이러다 내 몸이 고장 나겠다 싶어 상사에게 인력 좀 충원해달라고 불평불만을 토로했다. 하지만 그 상사는 인력 충원을 해 줄 만한 힘이 없는 사람이었다. 그럼에도 불구하고 내 마음이 너무 답답해서 이야기를 들어줄 감정 쓰레기통이 필요했던 것 같다. 감정 쓰레기통의 대상이 되면 얼마나 지치는지 알고 있으면서 나 자신이 그러고 있었다.

2년 전까지만 하더라도 동료들에게 "어떻게 그렇게 항상 웃고 있어요?"라는 이야기를 자주 들었었는데 어쩌다가 이렇게 되었을까 생각해보면 결국 자존감의 문제였던 것 같다. 2년 전 나는 자존감이 매우 높았던 사람이었기에 세상을 아름답게만 바라봤다면, 지금은 한없이 낮아진 자존감 때문에 그 기운을 타인에게 옮기고 있었다. 마치 전염병처럼 너도 옮으라고 그랬는지도 모르겠다.

나는 그 일 이후로 나를 사랑하는 연습을 하고 있다. 누군가 나를 힘들게 한다면 '그 사람도 그럴 만한 사정이 있겠지,

마음의 여유가 없는 사람이어서 그런 거겠지.'라며 원인을 나에게서 찾지 않고 타인에게서 찾는다. 예전에는 '내가 뭘 잘못했나?' 전전긍긍하며 나에게서 원인을 찾았을 것이다. 스스로 스트레스를 받으면서. 그런데 내가 떳떳한데 왜 나 자신을 저 밑으로 추락시키면서까지 원인의 주체를 나로 만드는가? 그건 나를 사랑하지 않기 때문이다.

물론 밑도 끝도 없는 자존감으로 내 잘못을 타인에게로 돌리는 것도 당연히 안 되겠지만, 모든 것을 내 탓으로 생각하는 것도 잘못된 것이다. 사람은 타인에게 잘못의 화살을 돌려야 마음이 편해지는 동물이다. 남들도 그렇게 잘만 하는데 눈치 보지 말고 제 살을 깎아내면서까지 스스로를 궁지로 몰지 않았으면 한다.

나 자신을 사랑하기 위해 해야 할 To do list

첫째, 남의 눈치 보며 살지 않기

둘째, 자기 스스로를 비하하지 말기

셋째, 떠날 것은 미련 없이 보내기

넷째, 아니다 싶으면 칼같이 끊어 내기

다섯째, 회사는 부업으로 여기며 스트레스 받지 말기

여섯째, 너무 많은 생각을 안고 살아가지 않기

필라테스 강사 S

30대 언니이자 누나가 말해주는 '20+α'

나이는 삶을 살아온 기록일 뿐,
친구의 세계는 무궁무진하다

        인간관계에서 '친구'라는 개념을 단지 나와 같은 나이, 나와 같은 지역이나 학교 출신으로 단정 짓기엔 너무 아깝다. 삶을 살아가는 데 나이는 중요치 않다. 나이가 많아도 본인이 하고자 하는 일에 행복한 열정을 지닌 사람들이 생각보다 참 많다. 그렇기에 언제 어디서든 새롭게 누군가를 만난다면 '친구'라 칭하며 관계를 유지해 나갈 수 있길 바란다.

        나는 군대식의 엄격한 훈련과 선후배 간의 예의, 질서, 규칙을 제대로 교육받았었다. 그래서 사회에 나와 나이 차이가 조금이라도 나면 속으로 생각했다. '나와 나이 차이가 크게 나네.', '분명 나이가 많으면 꼰대 느낌이 나겠지.', '본인이 알고 있는 걸 나에게 강요할지도 몰라.', '부담스럽다.' 등등. 정말 절대적인 나만의 선입견이었다. 같이 일하는 동료 선생님과 친해진 계기는 바로 나의 연애 상담과 수업 상담 덕분이었다. 그때마다 선생님이 참 편하게 해주고 내 이야기를 잘 들어주었다. 시간이 흘러 밖에서 밥 먹을 기회가 생겼는데 그때 혼자 생각했다. 왜 나는 이 선생님이 좋을까. 전에 자리 잡힌 내 생각과는 다르게 선생님과 나와의 관계에서는 나이가 중요치 않았다. 우리에게는 필라테스 수업이라는 공통분모가 있었고 그 외에도 같은 여자로서 공감하는 부분이 많아 자연스레 대화가 끊이지 않게 되었다. 친구라는 관계에서 중요한 건 나이가 아니며 살아가는 이야기 속에서 급하지 않게 서서히 녹아들 수 있어야 한다는 걸 알게 되었다.

친구가 주는 이로움은 참 크다. 살아가다 보면 혼자서 할 수 있는 일들이 있고, 남을 위해 도움을 줄 수 있는 일들이 있으며, 내가 할 수 있는 일들을 통해 또 다른 것을 배우거나 새롭게 만들어갈 수 있는 일들도 생긴다. 인생이 재밌는 건 나와 남을 통해 새롭게 에피소드를 만들어가는 데에 있다.

한참 수업을 이어나가다가 작년에 일에 지치고 관계에 지치고 건강이 급격히 안 좋아져 체력의 한계를 느껴서 과감히 일을 접었다. 그 이후 다시 같은 직장에 복귀하였을 때 곁에서 나에게 따뜻한 한마디를 해준 분이 '친구'라고 부르고 싶은 지금의 이 동료 선생님이다. 말로 표현할 수 없는 너무 묵직한 고마움. 지금도 같이 일하고 있는데 아직 그때의 그 마음을 전달하진 못했지만 하나는 확실하다. 잊지 말기. 그리고 그때 선생님이 내게 주셨던 그 마음을 나 또한 선생님께 늘 베풀 수 있도록 좋은 동료 선생님이 되기. 좋은 사람 곁에 좋은 사람이 되어주고자 머물러 있다는 게 어떤 건지 '친구'라는 개념을 내 나름 정의해보면서 다짐 또한 해 본다.

인생은 타이밍이다. 지금까지 내가 만난 사람들을 앞으로 언제 어디서 어떻게 마주치고 서로에게 영향을 주게 될지는 모른다. 한 명 한 명 나와 마주친 사람들에게 반가운 마음으로 친구가 되어주자. 친구가 되어준다는 건 내가 배울 수 있고 도움을 줄 수 있고 서로를 긍정적으로 위할 수 있음이다. 친구 사이에 나이가 많고 적고는 전혀 중요치 않다. 내 주변 모든 사람과 친구가 된다는 건 모든 사람의 모습을 인정하는 것이고 모든 일과 관계에서 '나 외에 모든 건 다 그럴 수 있겠다.'라고 넓은 사고의 그릇을 만들어나갈 수 있는 것이다.

보이는 것보다 보이지 않는 모습에 내 나름의 정의를 만들어가는 것. 20대에 하나씩 만들어가다 보면 앞으로 30대 40대의 내 모습이 너무 멋져 보이지 않을까. 내면의 깊이가 있는 사람은 어딜 가도 친구를 만들 수 있는 마음의 여유가 있다. 다름을 인정하고 나를 보여주며 그 안에서 인생의 작은 에피소드를 만들어가는 것. 아주 보편적인 이야기지만 참 중요하다.

인생의 매뉴얼은 내가 정하자

난 책을 읽을 때 목차를 보고 내가 읽고 싶은 부분부터 읽는다. 처음부터 순서대로 읽으면 지루하고 답답하고 이미 첫 페이지부터 그 책은 재미없는 책이 된다. 사람마다 흥미를 느끼는 방식은 다양할 것이다. 남들이 하는 것 그대로 해 보는 게 전부 틀린 건 아니지만 일단 나만의 방식이 있었으면 좋겠다. 꼬불꼬불한 길도 내가 올곧게 가면 바른길이 된다. 남들이 정한 잣대, 남들이 하는 말들, 남들의 시각, 남들이 가진 능력들 모두 나에겐 아무런 의미가 없다.

사람 인생은 보기보다 참 짧다. 계란도 어떤 온도로 어떻게 익히느냐에 따라 반숙, 완숙, 오믈렛, 스크램블 다 다르다.

맛있는 비빔밥도 젓가락으로 비비는 사람이 있고, 숟가락으로 비비는 사람이 있다. 먹을 때도 섞지 않고 밑에서부터 깊숙이 숟가락으로 떠서 먹는 사람이 있고, 젓가락으로 야채와 고추 양념을 살살 휘저어 먹는 사람이 있다. 사소한 식습관의 매뉴얼도 이렇게 다를 수 있다.

사소한 습관부터 해 보고 싶었던 일들 혹은 계획들, 다짐, 습관, 행동 등 나의 모든 걸 인지할 수 있도록 집중해보는 거

다. 나로부터 시작하여 하나씩 만들어 가는 재미를 느낀다면 인생의 재미도 커질 것이며 내 주변의 것들을 내가 좋아하는 것들로 채우는 데 익숙해질 것이다.

행복이란 게 대단하지 않다고들 말로는 하지만 누구든 행복해지길 원한다. 내가 나를 인지할 수 있을 때 행복해질 수 있는 길에 들어서게 된다. 내 나름의 온도로 내 인생을 잘 구워보자.

내 삶에 일이 1순위가 되지 말아야
오래 남을 수 있다

전공이 발레였기에 항상 고된 훈련의 목적은 하나였다. 몸의 축을 잡기, 'Balance'다. 발레리나의 Balance 능력이 떨어지면 작품의 완성도도 떨어진다. 인생도 마찬가지다. 내 삶의 중심이 일이 되어버리면 체한다.

열정적으로 일을 하면 직장 동료나 상사에게 인정받을 것이고, 평판도 좋아지며, 이직이나 승진도 용이할 수 있다. 일이 줄 수 있는 행복과 성취감도 중요하지만, 그것에 지나치게 매달리다 보면 내 삶을 구성하는 다른 것들이 밀려나고, 한정적인 나의 에너지와 시간을 모두 일에 쏟게 된다. 처음엔 느끼지 못하고, 나름대로 균형을 지키면서 살아가고 있는 중이라고 생각할 수도 있다.

나를 정돈시키고 일은 그다음으로 두자. 급할수록 돌아가라는 말이 있다. 사람에게 주어진 능력은 저마다 다르다. 꼭 내가 그 집단에서 살아남아야 하는 이유는 없다. 안 되면 다시 돌아가서 해 보면 되고, 그 길이 내 길이 아닐 수도 있다. 당장 나는 내일 이곳에서 떠날 수도 있다는 마음으로 응한다면 오히려 부담 없이 적당한 거리를 두며 일할 수 있을지도 모른다.

그동안 난 쉼 없이 일하며 달려왔다. '어떻게 쉬어야 하지?', '언제쯤 쉬면 잘 쉬는 것일까?', '쉬면 여태 내가 일궈 놓은 것들이 모두 다시 리셋될 텐데 어쩌지?' 등등 온갖 잡다한 불안과 걱정 때문에 쉬지 못하고 계속 수업을 했다. 일과 나를 적절히 분리하지 않으면 선택해야 할 순간이 찾아왔을 때 단호한 결단을 내리지 못하게 될 수 있다. 중요한 건 그럴 때 내가 한 만큼의 결실은 절대 볼 수 없다. 쉬고 싶은데 억지로 수업하니 겉으로는 여느 때처럼 열정적으로 수업에 임하는 듯했지만, 회원이 운동에 조금이라도 집중하지 못한다 생각하면 내가 더 예민해졌고, 새로 센터를 찾는 회원들에게 여러 번 설명해야 할 것을 한 번에 끝내려 하는 등 점점 성의가 없어졌다. 결국 서서히 회원 수가 줄어들었고 그런 상황에서도 객관적으로 내 문제를 들여다보지 못하고 환경 탓만 했다.

급할수록 돌아가라 했다. 일은 일이고 나의 시간과 에너지는 정해져 있다. 몸 사려 일을 하라는 게 아니다. 균형감을 잃지 말고 일에 임하길 바란다. 길게 가되 적당히 웃으며 일할 수 있기를 바란다.

20대에 여행이 필요한 이유

20대에는 어떤 곳이든 여행을 많이 다니라고 한다. 그런데 난 20대에 여행의 필요성을 전혀 느끼지 못했다. 물론 여행을 개인적으로 좋아한다면 다행이다. 나는 20대에 모든 커리어와 능력을 쌓아야 한다는 강박관념 같은 게 꽤 강했다. 그렇다고 20대에 나는 만족할 만한 스펙과 커리어를 쌓기 위해 정말 부단히 노력했을까? 물론 노력을 안 한 건 아니다. 하지만 20대에 공부하고 쌓았던 커리어와 전혀 다른 일들을 30대에 하게 될 수도 있는 일이다. 전공을 살려 직업을 갖고 일을 하는 사람이 과연 얼마나 될까?

수학의 정석을 수없이 풀며 응용 서적을 집어 들듯, 인생이라는 챕터 안에서 나만의 여행 정석을 만들어 보길 바란다. 거창할 필요는 없다. 소소한 일상 속에서 할 수 있는 것들이 꽤 많다. 지금처럼 무서운 바이러스가 존재하는 시대에는 제한된 환경 안에서 나만의 소소한 여행 정석을 써 내려가 볼 수도 있다.

1) 일주일에 적어도 2, 3번 혹은 주말에 홀로 산책이나 등산을 가서 자연의 소리에 집중하고 자연의 색깔을 보며 마음의 평안을 찾아보기
2) 우리나라에 존재하는 수많은 섬 중 가 보고 싶은 곳 정해서 가 보기
3) 각 지역의 특색 있는 맛집 리스트를 만들어 찾아가 보기
4) 친한 친구의 고향에 방문해보기
5) 편하게 트래킹 할 수 있는 곳 가 보기
6) 우리나라의 유명한 산 중 가 보고 싶은 곳 가 보기
7) 익숙하지 않은 동네에 가서 하루를 보내기
8) 바다에서 할 수 있는 것들 생각해서 해 보기

어디든 가자. 여행은 내가 보고 느낀 것과 그곳에서 벌어

졌던 에피소드나 좋았던 기억을 이따금 꺼내 볼 수 있게 한다. 지친 일상 속에서 혼자 머릿속으로 떠올려보거나 지나간 사진들을 눈으로 다시 채우며 나름의 평안을 찾을 수 있게 한다. 여행이 주는 건 그런 거다.